世间生活

冯骥才 生活散文 精选

冯骥才 —— 著

图书在版编目（CIP）数据

世间生活：冯骥才生活散文精选/冯骥才著.—北京：人民文学出版社，2019（2023.7 重印）
ISBN 978-7-02-015196-7

Ⅰ.①世… Ⅱ.①冯… Ⅲ.①散文集—中国—当代 Ⅳ.①I267

中国版本图书馆 CIP 数据核字(2019)第 080182 号

策划编辑　脚　印
责任编辑　王　蔚
责任印制　王重艺

出版发行　人民文学出版社
社　　址　北京市朝内大街 166 号
邮政编码　100705

印　　刷　北京中科印刷有限公司
经　　销　全国新华书店等

字　　数　180 千字
开　　本　880 毫米×1230 毫米　1/32
印　　张　9.75　插页 3
印　　数　21001—24000
版　　次　2019 年 7 月北京第 1 版
印　　次　2023 年 7 月第 5 次印刷

书　　号　978-7-02-015196-7
定　　价　39.00 元

如有印装质量问题，请与本社图书销售中心调换。电话:010-65233595

我相信，真正的冰冷在世上，真正的温暖在人间。

目录

第一辑

人生感怀

人生有些日子是要设法留住的

时光　003

马年的滋味　007

结婚纪念日　010

大地震给我留下什么　015

我的"伯乐"　021

老兄，咱们各干各的吧　029

父子应是忘年交　032

母亲百岁记　036

拒绝句号　040

体内的小人　042

日历　045

白发　050

低调　054

底线　057

公德　060

送礼　063

墓地　065

第二辑

生活雅趣

往事如『烟』 071

吃鲫鱼说 077

无书的日子 081

遛摊 086

姓名拆字 091

告别体坛后的感想 093

足球的精神 097

房子的故事 100

我的书法生活 107

为母亲办一场画展 109

感觉 113

空信箱 117

我与《清明上河图》的故事 120

夕照透入书房 125

灵感忽至 128

遵从生命 132

年意 134

除夕情怀 137

物本无情
物皆有情

第三辑

人间生灵

安宁不是安寐，而是一种博大而丰实的自享

珍珠鸟 143

麻雀 146

爱犬的天堂 150

空屋 155

书房花木深 161

进香 164

挑山工 170

长衫老者 177

猫婆 180

快手刘 188

小雨入端午 194

老友 197

春天最先是闻到的 204

苦夏 209

秋天的音乐 213

冬日絮语 220

当生活把无边的严寒铺盖在你身上时，一定还会给你一根火柴

第四辑 旅行印象

灵魂的巢　227

为周庄卖画　231

乡魂　236

细雨探花瑶　241

大雪入绛州　246

地中海的菜单　251

说美国人　256

细雨品京都　265

巴黎的天空　270

意大利断想　275

今天的布拉格　284

三千道瀑布　289

维也纳春天的三个画面　295

行间笔墨　299

第一辑 人生感怀

人生有些日子是要设法留住的。因为在这种日子里，总是在失去很多东西的同时，却得到更多——关键是我们是否能够看到。如果看到了它，就会被它更正对人生的看法并因之受益一生。

时　光

　　一岁将尽，便进入一种此间特有的情氛中。平日里奔波忙碌，只觉得时间的紧迫，很难感受到"时光"的存在。时间属于现实，时光属于人生。然而到了年终时分，时光的感觉乍然出现。它短促、有限、性急，你在后边追它，却始终抓不到它飘举的衣袂。它飞也似的向着年的终点扎去。等到你真的将它超越，年已经过去，那一大片时光便留在过往不复的岁月里了。

　　今晚突然停电，摸黑点起蜡烛。烛光如同光明的花苞，宁静地浮在漆黑的空间里；室内无风，这光之花苞便分外优雅与美丽；些许的光散布开来，朦胧依稀地勾勒出周边的事物。没有电就没有音乐相伴，但我有比音乐更好的伴侣——思考。

　　可是对于生活最具悟性的，不是思想者，而是普通大众。比如大众俗语中，把临近年终这几天称作"年根儿"，多么真切和形象！它叫我们顿时发觉，一棵本来是绿意盈盈的岁月之树，已被我们消耗殆尽,只剩下一点点根底。时光竟然这样的紧迫、拮据与深浓……

一下子,一年里经历过的种种事物的影像全都重叠地堆在眼前。不管这些事情怎样庞杂与艰辛,无奈与突兀。我更想从中找到自己的足痕。从春天落英缤纷的京都退藏到冬日小雨空蒙的雅典德尔菲遗址;从重庆荒芜的红卫兵墓到津南那条神奇的蛤蜊堤;从一个会场到另一个会场,一个活动到另一个活动中;究竟哪一些足迹至今清晰犹在,哪一些足迹杂沓模糊甚至早被时光干干净净一抹而去?

我瞪着眼前的重重黑影,使劲看去。就在烛光散布的尽头,忽然看到一双眼睛正直对着我。目光冷峻锐利,逼视而来。这原是我放在那里的一尊木雕的北宋天王像。然而此刻他的目光却变得分外有力。它何以穿过夜的浓雾,穿过漫长的八百年,锐不可当、拷问似的直视着任何敢于朝他瞧上一眼的人?显然,是由于八百年前那位不知名的民间雕工传神的本领、非凡的才气;他还把一种阳刚正气和直逼邪恶的精神注入其中。如今那位无名雕工早已了无踪影,然而他那令人震撼的生命精神却保存下来。

在这里,时光不是分毫不曾消逝吗?

植物死了,把它的生命留在种子里;诗人离去,把他的生命留在诗句里。

时光对于人，其实就是生命的过程。当生命走到终点，不一定消失得没有痕迹，有时它还会转化为另一种形态存在或再生。母与子的生命的转换，不就在延续着整个人类吗？再造生命，才是最伟大的生命奇迹。而此中，艺术家们应是最幸福的一种。唯有他们能用自己的生命去再造一个新的生命。小说家再造的是代代相传的人物；作曲家再造的是他们那个可以听到的迷人而永在的灵魂。

此刻，我的眸子闪闪发亮，视野开阔，房间里的一切艺术珍品都一点点地呈现。它们不是被烛光照亮，而是被我陡然觉醒的心智召唤出来的。

其实我最清晰和最深刻的足迹，应是书桌下边，水泥的地面上那两个被自己的双足磨成的浅坑。我的时光只有被安顿在这里，它才不会消失，而被我转化成一个个独异又鲜活的生命，以及一行行永不褪色的文字。然而我一年里把多少时光抛入尘嚣，或是支付给种种一闪即逝的虚幻的社会场景。甚至有时属于自己的时光反成了别人的恩赐。检阅一下自己创造的人物吧，掂量他们的寿命有多长。艺术家的生命是用他艺术的生命计量的。每个艺术家都有可能达到永恒，放弃掉的只能是自己。是不是？

迎面那宋代天王瞪着我，等我回答。

我无言以对，尴尬到了自感狼狈。

忽然,电来了,灯光大亮,事物通明,恍如更换天地。刚才那片幽阔深远的思想世界顿时不在,唯有烛火空自燃烧,显得多余。再看那宋代的天王像,在灯光里仿佛换了一个神气,不再那样咄咄逼人了。

我也不用回答他,因为我已经回答自己了。

马年的滋味

龙年颂龙，猴年夸猴，牛年赞牛，马年呢？友人说，你脱脱俗套说点真实的吧，你属马，也最知马年的滋味。

我回头一看，倏忽已过了五个马年。咀嚼一下，每个本命年的滋味竟然全不一样。

我的第一个马年是一九四二年，我出生。本来母亲先怀一个孩子，不料小产了，不久就怀上我，倘若那孩子——据说也是个男孩子"地位稳固"，便不会有我。我的出生乃是一种幸中之幸。第一个马年里我一落地，就是匹幸运之马。

第二个马年是一九五四年，我十二岁。这一年天下太平。世界上没有大战争，吾国没有政治运动。我一家人没病没灾没祸没有意外的不幸。今天回忆起那个马年来，每一天都是笑容。我则无忧无虑地踢球、钓鱼、捉蟋蟀、爬房、画画、钻到对门大院内去偷摘苹果。并且第一次感觉到邻桌的女孩有种动人的香味。这个马年我是快乐之马。

第三个马年是一九六六年，我二十四岁。这年大地变成大海。黑风白浪，翻天覆地。我的家被红卫兵占领四十天，占领者每人执一木棒或铁棍，将我的一切，包括我的理想与梦想全都淋漓尽致地捣个粉碎。那一年我看到了生活的反面，人的负面，并发现只有漆黑的夜里才是最安全的。我还有三分钟的精神错乱。这一马年我是受难之马。

第四个马年是一九七八年，我三十六岁。这一年我住在北京的人民文学出版社里写小说。第一次拿到了散发着油墨香味的自己的书《义和拳》。但我真正走进文学还是因为投入了当时思想解放的洪流。到处参加座谈会，每个会都是激情洋溢，人人发言都有耀眼的火花。那是个热血沸腾的时代。作家们都为自己的思想而写作。我"胆大妄为"地写了伤痕文学《铺花的歧路》。这小说原名叫《创伤》，由于书稿在人民文学出版社引起激烈争论，误了发表，而卢新华的《伤痕》出来了，便改名为《铺花的歧路》。这情况直到十一月才有转机。一是由于茅盾先生表示对我的支持，二是被李小林要走，拿到刚刚复刊的《收获》上发表。我便一下子站到当时文学的"风口浪尖"上。这一马年对于我，是从挣扎之马到脱缰之马。

第五个马年是一九九〇年，我四十八岁。我的创作出现困顿，无人解惑，便暂停了写作。打算理一理自己的脑袋，再走下边的路。在迷惘与焦灼中重拾画笔，却意外地开始了阔别久矣的绘画生涯。世人不知我的"前身"为画家，吃惊于我；我却不知这些年竟积累如此深厚的人生感受，万般情境，挥笔即来，我也吃惊于自己。在艺术创作中最美好的感觉莫过于叫自己吃惊。于是发现，稿纸之外还有一片无涯的天地，心情随之豁然。这一年的我，可谓突围之马。

回首五个马年才知，这马年的滋味，酸甜苦辣，驳杂种种。何况本命年只是人生的驿站。各站之间长长的十二年的征程中，还有说不尽的曲折婉转。我不知别人的本命马年是何滋味，反正人生况味，都是五味俱全。五味之中，苦味为首。那么，在这个将至的马年里，我这匹马又该如何？

前几天，请友人治印两方，皆属闲文。一方是"一甲子"，一方是"老骥"。这"老骥"二字，不过是乘一时之兴，借用曹操的诗，以寓志在千里罢了。可是反过来，我又笑自己不肯甘守寂寞，总用种种近忧远虑来折磨自己。

看来这一年我注定是奔波之马了。

结婚纪念日

我的妻子同昭从来不把每年的十二月三十一日作为我们的结婚纪念日,她要挪到转一天,改为一月一日——元旦。她想从生命里切去这一天,或者跨过这一天。

一九六六年,我俩的结婚筹备像是一种地下工作。秘密、悄然、不声不响地进行。"狗崽子"结婚弄不好会招事,何况我们的新房正好就在一个"红卫兵总部"的楼上。这间房子是同昭家临时借给我们结婚用的。那时,她父亲虽然是高级职员,也没有逃过抄家的风暴,甚至比我家抄得更惨,给"扫地出门",被"勒令"搬到这里来。

这儿是大理道松竹里二号楼,在一条短胡同的尽头,一幢典型的折中主义风格建筑,原本是姓高的一家人独住。高家曾经很富有,所以这次抄家抄得特别狠,传说抄出来一车黄金,其实只是传说而已。同昭一家五口人,只给了二楼上的一长一方两间小屋。

凡是被"扫地出门"的,只准许带少得可怜的生活必需品,如被褥、衣服、脸盆、暖壶、旧桌椅,别的东西都不准带,所以这两间房屋虽小,仍显得空荡荡。我们结婚借用了其中更小的一间,不足十平米。

当时我俩两手空空,任何家具没有,可是那天把房子打扫干净,再用拖布把地板拖过,站在空屋中间,闻着清水擦过的木地板的气味,心中忽冒出一种新生活即将从这里开始的兴奋来。我俩相互露出笑容。但是兴奋也不能出声,因为楼下住着红卫兵。四个月前五大道抄家时,这里曾是红卫兵的临时指挥部,后来一些被抄户住进楼中,它更像一个看守所。此时红卫兵大多外出串联去了,主战场已不在这里,人也少了,我们反过来要加倍警惕他们,不能叫他们得到任何风声。

我从自己家里搬来两件家具,一是小时候使用的书桌,书桌的一角在抄家时被斧子砍去,桌面还有几道挺深的刹痕,把它放在我们的小小的新房内,大小刚好;再一件是租界时代的遗物——躺柜,柜门已被砸烂。我便把柜子立起来,用木板钉个柜门装上合页,成了一个别致的小立柜。床是用抄家扔下的烂木头架起来的;没有窗帘,便用半透明的硫酸纸糊在窗户上。同昭买了一盆文竹放在改制的小立柜的上边,婆娑的绿叶斜垂下来,这惹起了我们对"新生活"的幻想,跟着便兴致勃勃去到商场,给自己的新房添置了两件真正的家庭物品。同昭是生活的唯美主义者，她用心挑选了两件物品，一台是造型别致、漆成天蓝色的浪琴牌木匣收音机，另一个是小小的夜明钟。于是，一个在废墟上构筑的小巢就这么温馨地出现了。这台收音机还能收短波，但我不敢去拧。我知道，只要短波的电台一响，叫人听见，就会让我立刻送命。我们要分外留心把自己的小巢藏在自己的身后，对谁也不说。

那时，我母亲躲在家中不敢出门，她只有不多一点钱，她交给我二十块钱，叫我给同昭做件红褂子。同昭哪敢穿红的，就买块蓝雪花呢的布料做件棉袄的罩褂，母亲见了就哭了，说哪有新娘子不穿件红的，又拿出二十块执意叫同昭再买块红色的。这样母亲手里可就没多少钱了。同昭执意不要，我却接过钱来，又拉着同昭去买了块深洋红的雪花呢，再做件罩褂，穿了去给母亲看。依从母亲，叫她顺心。那时候所有的事都是戗着，只有自己能叫自己的心气儿顺着。

结婚那天晚上，同昭的父亲在劝业场附近惠中路上的红叶饭店请我们吃饭。那是一条窄街上一家很小的饭店，店门不过五尺宽，三层小楼，但这里专营的四川菜却做得有滋有味，记得那天"婚宴"的菜有一碟鱼香肉丝，炒得很香，后来只要一吃鱼香肉丝就自然会想起"结婚"二字。当时同昭的母亲住在北京，她弟弟妹妹都来参加我们的"新婚晚宴"。她父亲举起盛着葡萄酒的酒杯轻轻说了一句:"祝贺!祝贺!"跟着六七个酒杯叮叮一响,她父亲送给我们一小束淡粉色、很优雅的康乃馨花——那是同昭最喜欢的花,这就是我们的新婚了。我们一边吃,一边不时扭头看看是否有人发现我们,好像我们在偷着干什么事。这感觉至今犹然清晰地记得。

在我离开家来赴"晚宴"时,母亲给了我一个布包。里边有一套秋衣秋裤,还有内衣和袜子。我出门把这布包夹在自行车后衣架上,跨上车。一心去往"晚宴",饭后骑车到新房,忽然发现布包没了,掉了吗?那可是我带到新房的全部家当!是掉了。因此我说我人生的新阶段是真正从零开始的。

新婚之夜是每个人心中的一个美梦,但对我来说,却是一个更残酷的现实。

我们从外边回家、锁车、上楼、开门都是小心翼翼,几乎没有出任何声音。进屋开了灯不一会儿,外边忽然响起喇叭声,吓了我一跳。声音很大,好像就在窗跟前,再听原来声音出自外边院里,跟着有人喊:"狗崽子,你们干什么呢?"是红卫兵!他们知道了?我们突然感到极度紧张。被发现了吗?我们没出一点声音啊!难道走露了消息?反正是糟了。

跟着,一群红卫兵站在院里又吹喇叭,又喊又叫,又唱革命歌曲,又喊口号。同昭吓得赶紧把灯关上。他们反闹得更欢,夜里静，声音显得分外响分外清晰。喇叭声像火车笛那样震耳。不一会儿，他们想出更具侵犯性的法子——用手电筒往窗子里照。我们没有窗帘，电光就直接照在屋顶上，手电晃来晃去，许多条雪白的光就在屋顶上乱划，好像夜间空袭的探照灯。那种紧张感难以表达。我们哪敢再去生炉子，只能穿着棉袄坐在床上。我紧紧搂着她，感到她在发抖，我知道她更怕的是突然的砸门声和一群人破门而入。

还好，他们没有上楼来，只是在院里闹，闹了一阵，尽了兴，便回去了。冬日外边毕竟很冷，然而隔一段时间他们又来了兴致，就会再跑到院里吹喇叭、喊口号、用手电的强光朝着我们的"新房"攻击一阵。整整一夜我们就是这么度过的。到了后半夜，他们大概也累了，没劲儿了，睡了？反正没动静了。我们便穿着棉衣卧在床上。屋内没有炉火，太冷，又怕他们突然袭击，闯进来，我感到同昭一直在打颤。我悄悄地吻了吻她的脸颊，她的脸像冷凉的玻璃罐儿。她是木然的，毫无反应也无感觉。

后来，我们也睡着，睁开眼时天已亮了。没有窗帘的屋子亮得早，其实这时还不到七点钟。我第一眼就看到桌上那几支插在玻璃杯里的康乃馨，却感觉不到它优雅的美，它精致的花瓣，漠然开放在冻人的晨寒中，这就是我们的"新婚之夜"了。

五十多年来，我一直把自己这个遭遇视作我的一个人生财富，一生都不会丢掉。

大地震给我留下什么

在我私人的藏品中，有一个发黄而旧黯的信封，里面装着十几张大地震后废墟的照片，那曾是我天津的"家"；还有一页大地震当天的日历，薄薄的白纸上印着漆黑的字：1976年7月28日。后边我再说这页日历和那些照片是怎么来的。现在只想说，每次打开这信封，我的心都会变得异样。

变得怎么异样？是过于沉重吗？是曾经的一种绝望又袭上心头吗？记得一位朋友知道我地震中家屋覆灭的经历，便问我："你有没有想到过死？哪怕一闪念？"我看了他一眼。显然这位朋友没有经过大地震——这种突然的大难降临是何感受。

如果说绝望，那只是地震猛烈地摇晃四十秒钟的时间里。这次大地震的时间实在太长了。后来我楼下的邻居说，整个地动山摇的过程中我一直在喊，叫得很惨，像是在嚎，但我不知道自己在叫。

当时由于天气闷热,我睡在阁楼的地板上。在我被突如其来的狂跳的地面猛烈弹起的一瞬,完全出于本能扑向睡在小铁床上的儿子。我刚刚把儿子拉起来,小铁床的上半部就被一堆塌落的砖块压下去。如果我的动作慢一点,后果不堪设想。我紧抱着儿子,试图翻过身把他压在身下,但已经没有可能。小铁床像大风大浪中的小船那般癫狂。屋顶老朽的木架发出嘎吱嘎吱可怕的巨响,顶上的砖瓦大雨一般落入屋中。我亲眼看见北边的山墙连同窗户像一面大帆飞落到深深的后胡同里。闪电般的地光照亮我房后那片老楼,它们全在狂抖,冒着烟土,声音震耳欲聋。然而,大地发疯似的摇晃不停,好像根本停不下来了,就像当时的"文革"。我感到我的楼房马上要塌掉。睡在过道上的妻子此刻不知在哪里,我听不到她的呼叫。我感到儿子的双手死死地抓着我的肩背。那一刻,我感到了末日。

但就在这时,大地的晃动戛然而止,好像列车的急刹车。这一瞬的感觉极其奇妙,恐怖的一切突然消失,整个世界特别漆黑而且没有声音。我赶紧踹开盖在腿上的砖块跳下床,呼喊妻子。我听到了她的应答。原来她就在房门的门框下,趴在那里,门框保护了她。我忽然感到浑身热血沸腾,就像从地狱里逃出来,第一次强烈地充满再生的快感和求生的渴望。我大声叫着:"快逃出去!"我怕地震再次袭来!

过道的楼顶已经塌下来。楼梯被柁架、檩木和乱砖塞住。我们拼力扒开一个出口,像老鼠那样钻出去,并迅速逃出这座只要再一震就可能垮掉的老楼。待跑出胡同,看到黑乎乎的街上全是惊魂未定而到处乱跑的人。许多人半裸着,他们也都是从死神手缝里侥幸生还的人。我抱着儿子,与妻子跑到街口一个开阔地,看看四周没有高楼和电线杆,比较安全,便从一家副食店门口拉来一个菜筐,反扣过来,叫妻儿坐在上边,说:"你们千万别走开,我去看看咱们两家的人。"

我跑回家去找自行车。邻居见我没有外裤,便给我一条带背带的工作裤。我腿长,裤子太短,两条腿露在外边。这时候什么也顾不得了,活着就是一切。我跨上车,去看父母与岳父岳母。车子拐到后街上,才知道这次地震的凶险厉害。窄窄的街面已经被地震扭曲变形,波浪般一起一伏,一些树木和电线杆横在街上,仿佛刚遭遇炮火的轰击。通电全部中断,街两边漆黑的楼里发着呼叫。多亏昨晚我睡觉前没有摘下手表,抬起手腕看看表,大约是凌晨四时半。

幸好父母与岳父岳母都住在一楼,房子没坏,人都平安,他们都已经逃到比较宽阔的街上。待安顿好长辈,回到家时,已是清晨。见到妻子才彼此发现,我们的脸和胳膊全是黑的。原来地震时从屋顶落下来的陈年的灰尘,全落在脸上和身上。我将妻儿先送到一位朋友家。这家的主妇是妻子小学时的老师，与我们关系甚好。这便又急匆匆跨上车，去看我的朋友们。

从清晨直到下午四时，一连去了十六家。都是平日要好的朋友。在"文革"那种清贫和苍白的日子，朋友是最重要的心灵财富了。此时相互看望，目的很简单，就是看人出没出事，只要人平安，谢天谢地，打个照面转身便走。我的朋友们都还算幸运，只有一位画画的朋友后腰被砸伤，其他人全都逃过这一劫。一路上，看到不少尸首身上盖一块被单停放在道边，我已经搞不清自己到底是怎样还活在这世上的。

中午骑车在道上，我被一些穿白大褂的人拦住，他们是来自医院的志愿者，正忙着在街头设立救护站。经他们告诉，我才知道自己的双腿都被砸伤。有的地方还在淌血。护士给我消毒后涂上紫药水，双腿花花的，看上去很像个挂了彩的伤员。这样，在路上再遇到的朋友和熟人，得知我的家已经完了，都毫不犹豫地从口袋掏出钱来。不要是不可能的！他们硬把钱塞到我借穿的那件工作服胸前的小口袋里。那时的人钱很少，有的一两块，多的三五块。我的朋友多，胸前的钱塞得愈来愈鼓。大地震后这天奇热，跑了一天，满身的汗，下午回来时塞在口袋里的钱便紧紧粘成一个硬邦邦拳头大的球儿。掏出来掰开，和妻子数一数，竟是七十一元，整个"文革"十年我从来没有这么巨大的收入。我被深深地打动！当时谁给了我几块钱，我都记得清清楚楚。现在事过三十年，已经记不清是哪些人，还有那些名字，却记得人间真正的财富是什么，而且知道这财富藏在哪里，究竟什么时候它才会出现。

画家尼玛泽仁曾经对我说：在西藏那块土地上，人生存起来太艰难了。它贫瘠、缺氧、闭塞。但藏民是靠着什么坚韧地活下来的呢，靠着一种精神，靠着信仰与心灵。个人对信念的恪守和彼此间心灵的抚慰。

大地震是"文革"终结前的一场灾难。它在人祸中加入天灾，把人们无情地推向深渊的极致。然而，支撑着我们生活下来的，不正是一种对春天回归的向往、求生的本能以及人间相互的扶持与慰藉吗？在我本人几十年种种困苦与艰难中，不是总有一只又一只热乎乎的、有力的手不期而至伸到眼前？

我相信，真正的冰冷在世上，真正的温暖在人间。

大地震后的第三天，我鼓起勇气，冒着频频不绝的余震，爬上我家那座危楼。我惊奇地发现，隔壁巨大而沉重的烟囱竟在我的屋子中央，它到底是怎样飞进来的？然而我首先要做的，不是找寻衣物。我已经历了两次一无所有，一次是"文革"的扫地出门，一次是这次大地震。我对财物有种轻蔑感。此刻，我只是举着一台借来的海鸥牌相机，把所有真实的景象全部记录下来。此时，忽见一堵残墙上还垂挂着一本日历。日历那页正是地震的日子。我把它扯下来，一直珍存到今天。

  我要留住这一天。人生有些日子是要设法留住的。因为在这种日子里，总是在失去很多东西的同时，却得到更多——关键是我们是否能够看到。如果看到了它，就会被它更正对人生的看法并因之受益一生。

2006 年 7 月 大地震三十年

我的"伯乐"

我不知道为什么,对一个人深入的回忆,非要到他逝去之后。难道回忆是被痛苦带来的吗?

一九七七年春天我认识了韦君宜。我真幸运,那时我刚刚把一只脚怯生生踏在文学之路上。我对自己毫无把握。我想,如果我没有遇到韦君宜,我以后的文学可能完全是另一个样子。我认识她几乎是一种命运。

但是这之前的十年"文革"把我和她的历史全然隔开。我第一次见到她时,并不清楚她是谁,这便使我相当尴尬。

当时,李定兴和我把我们的长篇处女作《义和拳》的书稿寄到人民文学出版社。尽管我脑袋里有许多天真的幻想,但书稿一寄走便觉得希望落空。这因为人民文学出版社是公认的国家文学出版社。面对这块牌子谁会有太多的奢望?可是没过多久,小说北组（当时出版社负责长江以北的作者书稿的编辑室）的组长李景峰便表示出对这部书稿的热情与主动，这一下使我和定兴差点成了一对范进。

跟着出版社就把书稿打印成厚厚的上下两册征求意见本，分别在京津两地召开征求意见的座谈会。那时的座谈常常是在作品出版之前，绝不是当下流行的一种炒作或造声势，而是为了尽量提高作品的出版质量。于是，李景峰来到天津，还带来一个身材很矮的女同志，他说她是"社领导"。当李景峰对我说出她的姓名时，那神气似乎等待我的一番惊喜，但我却只是陌生又迟疑地朝她点头。我当时脸上的笑容肯定也很窘。后来我才知道她在文坛上的名气，并恨自己的无知。

座谈会上我有些紧张，倒不是因为她是"社领导"，而是她几乎一言不发。我不知该怎么跟她说话。会后，我请他们去吃饭——这顿饭的"规格"在今天看来简直难以想象！一九七六年的大地震毁掉我的家，我全家躲到朋友家的一间小屋里避难。在我的眼里，劝业场后门那家卖锅巴菜的街头小铺就是名店了。这家店一向屋小人多，很难争到一个凳子。我请韦君宜和李景峰占一个稍松快的角落，守住小半张空桌子，然后去买牌，排队，自取饭食。这饭食无非是带汤的锅巴、热烧饼和酱牛肉。

待我把这些东西端回来时，却见一位中年妇女正朝着韦君宜大喊大叫。原来韦君宜没留意坐在她占有的一张凳子上。这中年妇女很凶,叫喊时龇着长牙,青筋在太阳穴上直跳,韦君宜躲在一边不言不语,可那人还是盛怒不息。韦君宜也不解释,睁着圆圆一双小眼睛瞧着她,样子有点窝囊。有个汉子朝这不依不饶的女人说:"你的凳子干吗不拿着,放在那里谁不坐?"这店的规矩是只要把凳子弄到手,排队取饭时便用手提着凳子或顶在脑袋上。多亏这汉子的几句话,一碗水似的把这女人的火气压住。我赶紧张罗着换个地方,依然没有凳子坐,站着把东西吃完,他们就要回北京了。这时韦君宜对我说了一句话:"还叫你花了钱。"这话虽短,甚至有点吞吞吐吐,却含着一种很恳切的谢意。她分明是那种羞于表达、不善言谈的人吧!这就使我更加尴尬和不安。多少天里一直埋怨自己,为什么把他们领到这种拥挤的小店铺吃东西。使我最不忍的是她远远跑来,站着吃一顿饭,无端受了那女人的训斥和恶气,还反过来对我诚恳地道谢。

不久我被人民文学出版社借调去修改这部书稿。住在北京朝内大街166号那幢灰色而陈旧的办公大楼的四层。凶厉的"文革"刚刚撤离,文化单位依存着肃寂的气息,揭批查的大字报挂满走廊。人一走过,大字报哗哗作响。那时伤痕文学尚未出现,作家们仍未解放,只是那些拿着这枷锁钥匙的家伙们不知跑到哪里去了。

出版社从全国各地借调来改稿的业余作者，每四个人挤在一间小屋，各自拥抱着一张办公桌，抽烟、喝水、写作；并把自己独有的烟味和身体气息浓浓地混在这小小空间里，有时从外边走进来，气味真有点噎人。

我每改过一个章节便交到李景峰那里，他处理过再交到韦君宜处。韦君宜是我的终审，我却很少见到她，大都是经由李景峰间接听到韦君宜的意见。李景峰是个高个子、朴实的东北人，编辑功力很深，不善于开会发言，但爱聊天，话说到高兴时喜欢把裤腿往上一捋，手拍着白白的腿，笑嘻嘻地对我说："老太太（人们对韦君宜背后的称呼）又夸你了，说你有灵气，贼聪明。"李景峰总是死死守护在他的作者一边，同忧同喜，这样的编辑已经不多见了。我完全感觉得到，只要他在韦君宜那里听到什么好话，便恨不得马上跑来告诉我。他每次说完准又要加上一句："别翘尾巴呀，你这家伙！"我呢，就这样地接受和感受着这位责编美好又执着的情感。

然而，我每逢见到韦君宜，她却最多朝我点点头，与我擦肩而过，好像她并没有看过我的书稿。她走路时总是很快，嘴巴总是自言自语那样嚅嚅着，即使迎面是熟人也很少打招呼。可是一次，她忽然把我叫去。她坐在那堆满书籍和稿件的书桌前——她天天肯定是从这些书稿中"挖"出一块桌面来工作的。这次她一反常态，滔滔不绝。她与我谈起对聂士成和马玉昆的看法,再谈我们这部小说人物的结局,人物的相互关系,史料的应用与虚构,还有我的一些语病。她令我惊讶不已,原来她对我们这部五十五万字的书稿每个细节都看得入木三分。然后,她从满桌书稿中间的盆地似的空间里仰起脸来对我说:"除去那些语病必改,其余凡是你认为对的,都可以不改。"这时我第一次看见了她的笑容,一种温和的、满意的、欣赏的笑容。

这是我永远不会忘记的一个笑容。随后,她把书桌上一个白瓷笔筒底儿朝天地翻过来,笔筒里的东西"哗"地全翻在桌上。有铅笔头、圆珠笔芯、图钉、曲别针、牙签、发卡、眼药水等,她从这乱七八糟的东西间找到一个铁夹子——她大概从来都是这样找东西。她把几页附加的纸夹在书稿上,叫我把书稿抱回去看。我回到四楼一看便惊呆了。这书稿上密密麻麻竟然写满她修改的字迹,有的地方用蓝色圆珠笔改过,再用红色圆珠笔改,然后用黑圆珠笔又改一遍。想想,谁能为你的稿子付出这样的心血?

我那时工资很低。还要分出一部分钱放在家里。每天抽一包劣质而辣嘴的"战斗"牌烟卷,近两角钱,剩下的钱只能在出版社食堂里买那种五分钱一碗的炒菠菜。往往这种日子的一些细节刀刻一般记在心里。比如那位已故的、曾与我同住一起的新疆作家沈凯,一天晚上他举着一个剥好的煮鸡蛋给我送来,上边还撒了一点盐，为了使我有劲熬夜。再比如朱春雨一次去"赴宴"，没忘了给我带回一块猪排骨，他用稿纸画了一个方碟子，下面写上"冯骥才的早餐"，把猪排骨放在上边。至今我仍然保存这张纸，上面还留着那块猪排骨的油渍。有一天，李景峰跑来对我说："从今天起出版社给你一个月十五块钱的饭费补助。"每天五角钱！怎么会有这样天大的好事？李景峰笑道："这是老太太特批的，怕饿垮了你这大个子！"当时说的一句笑话，今天想起来，我却认真地认为，我那时没被那几十万字累垮，肯定就有韦君宜的帮助与爱护了。

我不止一次听到出版社的编辑们说，韦君宜在全社大会上说我是个"人才"，要"重视和支持"。然而，我遇到她，她却依然若无其事，对我点点头，嘴里自言自语似的嗫嚅着，匆匆擦肩而过。可是我似乎已经习惯了这种没有交流的接触方式。她不和我说话，但我知道我在她心里的位置；她是不是也知道，我虽然没有任何表示，她在我心里却有个很神圣的位置？

在我的第二部长篇小说《神灯前传》出版时，我去找她，请她为我写一篇序。我之前做好了被回绝的准备。谁知她一听，眼睛明显地一亮，她点头应了，嘴巴又嚅动几下，不知说些什么。我请她写序完全是为了一种纪念，纪念她在我文字中所付出的母亲般的心血，还有那极其特别的从不交流却实实在在的情感。我想，我的书打开时，首先应该是她的名字。于是《神灯前传》这本书出版后，第一页便是韦君宜写的序言《祝红灯》。在这篇序中依然是她惯常的对我的方式，朴素得近于平淡，没有着意的褒奖与过分的赞誉，更没有现在流行的广告式的语言，最多只是"可见用功很勤"，"表现作者运用史料的能力和历史的观点都前进了"，还有文尾处那句"我祝愿他多方面的才能都能得到发挥"。可是语言有时却奇特无比，别看这几句寻常话语，现在只要再读，必定叫我一下子找回昨日那种默默又深深的感动……

韦君宜并不仅仅是伸手把我拉上文学之路。此后伤痕文学崛起时，我那部中篇小说《铺花的歧路》的书稿在人民文学出版社内部引起争议。当时"文革"尚未在政治上全面否定，我这部彻底揭示"文革"的书稿便很难通过。一九七八年冬天在和平宾馆召开的"中篇小说座谈会"上，韦君宜有意安排我在茅盾先生在场时讲述这部小说，赢得了茅公的支持。于是，阻碍被扫除，我便被推入了"伤痕文学"激荡的洪流中……

此后许多年里，我与她很少见面。以前没有私人交往，后来也没有。但每当想起那段写作生涯，那种美好的感觉依然如初。我与她的联系方式却只是新年时寄一张贺卡，每有新书便寄一册，看上去更像学生对老师的一种含着谢意的汇报。她也不回信，我只是能够一本本收到她所有的新作。然而我非但不会觉得这种交流过于疏淡，反而很喜欢这种绵长与含蓄的方式——一切尽在不言之中。人间的情感无须营造，存在的方式各不相同。灼热的激发未必能够持久，疏淡的方式往往使醇厚的内涵更加意味无穷。

大前年秋天，王蒙打来电话说，京都文坛的一些朋友想聚会一下为老太太祝寿。但韦君宜本人因病住院，不能来了。王蒙说他知道韦君宜曾经厚待于我，便通知我。王蒙也是个怀旧的人。我好像受到某种触动，忽然激动起来，在电话里大声说，是呀，是呀，一口气说出许多往事。王蒙则用他惯常的玩笑话认真地说："你是不是写几句话传过来，表个态，我替你宣读。"我便立即写了一些话用传真传给王蒙。于是我第一次直露地把我对她的感情写出来，我满以为老太太总该明白我这份情意了。但事后我知道老太太由于几次脑血管病发作，头脑已经不十分清楚了。瞧瞧，等到我想对她直接表达的时候，事情又起了变化，依然是无法沟通！但转念又想，人生的事，说明白也好，不说明白也好，只要真真切切地在心里就好。

尽管老太太走了。这些情景却仍然——并永远地真真切切保存在我心里。人的一生中，能如此珍藏在心里的故人故事能有多少？于是我忽然发现，回忆不是痛苦的，而是寂寥人间一种暖意的安慰。

老兄,咱们各干各的吧

那年,作协开会选举"领导班子"。选票发到手,我照例是一笔不划,将票折起来,起身去往票箱里一投了事。对于人事,我向来不肯耗费脑力。故而,在我可爱的同行们绞尽脑汁对候选人加以取舍时,我已走出会场。场外大厅空荡荡,却见另一个门也走出一个人,并笑嘻嘻朝我走来。一看,乃是王蒙。肯定王蒙也将这"神圣的一票"淡然处之了。

王蒙走到面前,对我说:"我刚才想了两句打油诗。"他未等我问,便告知于我:

想当官的作家,不如想当官的官;
想当官的官,不如想当作家的官。

他略加解释说:

"第一句是说人家做官的人想当官乃是理所当然,是人家的'正业',没有什么不对;你一个作家不去写作,干嘛总琢磨当官呢?第二句是说,如果做官的人琢磨着当作家,这更好,他会体会到写作是怎么回事,有利于文艺繁荣。"

说完,他先笑起来,挺得意。我也觉挺妙。我说,还有点像绕口令呢。事后,我对好多人说过王蒙这两句"妙语",并深信为官嗜文,天下大吉。

然而,世上的事总是有一利就有一弊。近几年,由于文化的普及与倡兴,嗜好文艺的人愈来愈多愈广。官场上也是日见其多。书画文章乃文雅的事,谁不想斯文一些?这样一来,就上劲了。舞文弄墨之外,更想出版、展览、上报、出名,圆一个文化名人的梦。于是我的事也就多了起来。

有的求题书名,或题词祝贺;有的要求写序,荐之颂之;有的请求出席展览,致辞捧场;有的邀请座谈发言,唱些赞歌。市里市外,全国各地,应接不暇。由此便知吾国官员嗜好文化之广之众之空前形势之大好。

可是这种事多,便影响正事。而且真的动起笔来,又很为难。赞之不切,招致对方失望,结果等于白忙;赞之太切,似有对权贵阿谀奉承之嫌。这种文字过后自己看了也不舒服。可是,倘若拒绝不干,一准得罪人家,往往还要吃到苦头的。

比方某省某官，爱好摄影，拟出版大型摄影集，求我为他写序，以助力助威。那些天我太忙，便着力拒绝。他求我三次：一次请该省某文化名人出头，一次请我的某位朋友出面，一次是他本人亲自打来电话。三次都被我推掉。这样，不但不给我朋友的面子，也惹他本人心中不快。事过半年，恰有该省一位极有才华的画家需要官方帮助。人家来求我，我理应施以援手，但偏偏主管此事的官员就是被我回绝过的那一位。怎么办？毫无办法。我尝到了苦头！

比这更挠头的事还多着呢。每逢此时，我都会忽然想起王蒙那两句打油诗。王蒙很灵，但此诗不灵。我一挥手，将这诗改为：

想当官的作家，不如想当官的官，
想当作家的官，不如想当作家的作家。

倘叫我略加解释，我会说：
"老兄，咱们还是各干各的吧！"

父子应是忘年交

儿子考上大学时,闲话中提到费用。他忽然说:"从上初中开始,我一直用自己的钱缴的学费。"

我和妻子都吃一惊。我们活得又忙碌又糊涂,没想到这种事。我问他:"你哪来的钱?"

"平时的零花钱,还有以前过年时的压岁钱,攒的。"

"你为什么要用自己的钱呢?"我犹然不解。

他不语。事后妻子告诉我,他说:"我要像爸爸那样,一切都靠自己。"

于是,我对他肃然起敬,并感到他一下子长大。那个整天和我踢球、较量、打闹并被我爱抚地捉弄着的男孩儿已然倏忽远去。人长大,不是身体的放大,不是唇上出现的软髭和颈下凸起的喉结,而是一种成熟,一种独立人格的出现。但究竟他是怎样不声不响、不落痕迹地渐渐成长,忽然一天这样地叫我惊讶,叫我陌生,是不是我的眼睛太多关注于人生的季节和社会的时令，关注那每一朵嫩苞一节枯枝一块阴影和一片容光，关注笔尖下每一个细节的真实和每一个词语的准确，因而忽略了日日跟在身边却早已悄悄发生变化的儿子。

我把这感觉告诉给朋友，朋友们全都笑了，原来在所有的父亲心目里，儿子永远是夹生的。

对于天下的男人们，做父亲的经历各不一样，做父亲的感觉却大致相同。

这感觉一半来自天性，一半来自传统。

一九七六年大地震那夜，我睡地铺。"地动山摇"的一瞬，我本能地一跃而起，扑向儿子的小床，把他紧紧拥在怀里，任凭双腿全被乱砖乱瓦砸伤。事后我逢人便说自己如何英勇地捍卫了儿子，那份得意，那份神气，那份英雄感，其实是一种自享。享受一种做父亲尽天职的快乐。父亲，天经地义是家庭和子女的保护神。天职就是天性。

至于来自传统的做父亲的感觉，便是长者的尊严，教导者的身份，居高临下的视角与姿态……每一代人都从长辈那里感受这种父亲的专利，一旦他自己做了父亲就将这种专利原原本本继承下来。

这是一种"传统感觉"，也是一种"父亲文化"。

我们就是在这一半天性一半传统中，美滋滋又糊里糊涂做着父亲。自以为对儿子了如指掌，一切一切，尽收眼底，可是等到儿子一旦长大成人，才惊奇地发现自己竟然对他一无所知。最熟悉的变为最陌生，最近的站到了最远，对话忽然中断，交流出现阻隔。弄不好还可能会失去了他。人们把这弄不明白的事情推给"代沟"这个字眼儿，却不清楚：每个父亲都会面临重新与儿子相处的问题。

我想起，我的儿子自小就不把同学领到狭小的家里来玩，怕打扰我写作，我为什么不把这看作是他对我工作的一种理解与尊重？他也没有翻动过我桌上的任何一片写字的纸，我为什么没有看到文学在他心里也同样的神圣？我由此还想起，照看过他的一位老妇人说，他从来没有拉过别人的抽屉，对别人的东西产生过好奇与眼羡……当我把这些不曾留意的许多细节，与他中学时就自己缴学费的事情串连一起，我便开始一点点向他走近。

他早就有一个自己的世界，里边有很多发光的事物。直到今天我才探进头来。

被理解是一种幸福，理解人也是一种幸福。

当我看到了他独立的世界和独立的人格，也就有了与他相处的方式。

对于一个走向成年的孩子，千万不要再把他当作孩子，而要把他当作一个独立的男人。

　　我开始尽量不向他讲道理，哪怕这道理千真万确，我只是把这道理作为一种体会表达出来而已。他呢，也只是在我希望他介入我的事情时，他才介入进来。我们对彼此的世界，不打扰，不闯入，不指手画脚，这才是男人间的做法。我深知他不喜欢用语言张扬情感，崇尚行动本身；他习惯于克制激动，同时把这激动用隐藏的方式保留起来。我们的性格刚好相反，我却学会用他这种心领神会的方式与他交流。比方我在书店买书时，常常会挑选几本他喜欢的书，回家后便不吭声地往他桌上一放。他也是这样为我做事。他不喜欢添油加醋的渲染，而把父子之情看得天地一样的必然。如果这需要印证，就去看一看他的眼睛——儿子望着父亲的目光，总是一种彻底的忠诚。

　　所以，我给他翻译的埃里克·奈特那本著名的小说《好狗莱希》（又名《莱希回家了》）写的序文，故意用了这样一个题目：忠诚的价值胜过金子。

　　儿子，在孩提时代是一种含意。但长大成人后就变了，除去血缘上的父子关系之外，又是朋友，是一个忘年交。而只有真正成为这种互为知己的忘年交，我们才获得完满的做父子的幸福，才拥有了实实在在又温馨完美的人生。

母亲百岁记

留在昔时中国人记忆里的，总有一个挂在脖子上小小而好看的长命锁。那是长辈请人用纯银打制的，锁下边坠着一些精巧的小铃，锁上边刻着四个字：长命百岁。这四个字是世世代代以来对一个新生儿最美好的祝福，一种极致的吉祥话语，一种遥不可及的人间向往，然而从来没想到它能在我亲人的身上实现。天竟赐我这样的鸿福！

天下有多少人能活到三位数？谁能叫自己的生命装进去整整一个世纪的岁久年长？

我骄傲地说——我的母亲！

过去，我不曾有过母亲百岁的奢望。但是在母亲过九十岁生日的时候，我萌生出这种浪漫的痴望。太美好的想法总是伴随着隐隐的担忧。我和家人们嘴里全不说，却都分外用心照料她，心照不宣地为她的百岁目标使劲了。我的兄弟姐妹多，大家各尽其心，又都彼此合力,第三代的孙男娣女也加入进来。特别是母亲患病时,那是我们必须一起迎接的挑战。每逢此时我们就像一支训练有素的球队,凭着默契的配合和倾力倾情,赢下一场场"赛事"。

母亲经多磨难,父亲离去后,更加多愁善感,多年来为母亲消解心结已是我们每个人都擅长的事。我无法知道这些年为了母亲的快乐与健康,我们手足之间反反复复通了多少电话。

然而近年来,每当母亲生日我们笑呵呵聚在一起时,也都是满头花发。小弟已七十,大姐都八十了。可是在母亲面前,我们永远是孩子。人只有岁数大了,才会知道做孩子的感觉多珍贵多温馨。谁能像我这样,七十五岁了还是儿子;还有身在一棵大树下的感觉,有故乡故土和家的感觉,还能闻到只有母亲身上才有的深挚的气息。

人生很奇特。你小时候,母亲照料你保护你,每当有外人敲门,母亲便会起身去开门,决不会叫你去。可是等到你成长起来,母亲老了,再有外人敲门时,去开门的一定是你,该轮到你来呵护母亲了。人间的角色自然而然地发生转变,这就是美好的人伦与人伦的美好。母亲从九十一、九十二、九十三……一步步向前走。一种奇异的感觉出现了,我似乎觉得母亲愈来愈像我的女儿,我要把她放在手心里,我要保护她,叫她实现自古以来人间最瑰丽的梦想——长命百岁!

母亲住在弟弟的家。我每周二、五下班之后一定要去看她，雷打不动。母亲知我忙，怕我担心她的身体，这一天她都会提前洗脸擦油，拢拢头发，提起精神来，给我看。母亲兴趣多多，喜欢我带来的天南地北的消息，我笑她"心怀天下"。她还是个微信老手，天天将亲友们发给她的美丽的图片和有趣的视频转发他人。有时我在外地开会时，会忽然收到她微信："儿子，你累吗？"可是，我在与她一边聊天时，还是要多方"刺探"她身体存在哪些小问题和小不适，我要尽快为她消除。我明白，保障她的身体健康是我首要的事。就这样，那个浪漫又遥远的百岁的目标渐渐进入眼帘了。

到了去年，母亲九十九周岁。她身体很好，身体也有力量，想象力依然活跃，我开始设想来年如何为她庆寿时，她忽说："我明年不过生日了，后年我过一百零一岁。"我先是不解，后来才明白，"百岁"这个日子确实太辉煌，她把它看成一道高高的门槛了，就像跳高运动员面对的横杆。我知道，这是她本能地对生命的一种畏惧，又是一种渴望。于是我与兄弟姐妹们说好，不再对她说百岁生日，不给她压力，等到了百岁那天来到自然就要庆贺了。可是我自己的心里也生出了一种担心——怕她在生日前生病。

然而，担心变成了现实，就在她生日前的两个月突然丹毒袭体，来势极猛，发冷发烧，小腿红肿得发亮，这便赶紧送进医院，打针输液，病情刚刚好转，旋又复发，再次入院，直到生日前三日才出院，虽然病魔赶走，然而一连五十天输液吃药，伤了胃口，变得体弱神衰，无法庆贺寿辰。于是兄弟姐妹大家商定，百岁这天，轮流去向她祝贺生日，说说话，稍坐即离，不叫她劳累。午餐时，只由我和爱人、弟弟，陪她吃寿面。我们相约依照传统，待到母亲身体康复后，一家老小再为她好好补寿。

尽管在这百年难逢的日子里，这样做尴尬又难堪，不能尽大喜之兴，不能让这人间盛事如花般盛开，但是今天——

母亲已经站在这里——站在生命长途上一个用金子搭成的驿站上了。一百年漫长又崎岖的路已然记载在她生命的行程里。她真了不起，一步跨进了自己的新世纪。此时此刻我却仍然觉得自己像是在一种神奇和发光的梦里。

故而，我们没有华庭盛筵，没有四世同堂，只有一张小桌，几个适合母亲口味的家常小菜，一碗用木耳、面筋、鸡蛋和少许嫩肉烧成的拌卤，一点点红酒，无限温馨地为母亲举杯祝贺。母亲今天没有梳妆，不能拍照留念，我只能把眼前如此珍贵的画面记在心里。母亲还是有些衰弱，只吃了七八根面条，一点绿色的菠菜，饮小半口酒。但能与母亲长久相伴下去就是儿辈莫大的幸福了。我相信世间很多人内心深处都有这句话。

此刻，我愿意把此情此景告诉给我所有的朋友与熟人，这才是一件可以和朋友们共享的人间的幸福。

拒绝句号

　　一定会有一些朋友反对我这个标题。他们会说多好的句号啊！句号表示一种完成，一种圆满，一种有志者事竟成，一种成果与收获，或者干脆把这溜圆的句号看成一个个饱满的果实。他们还会问我，当你完成一部几十万字的长篇小说，在那上千页稿纸的最末一行画上一个句号时，难道你没有如释重负、飘飘欲仙的感受？没有那种大功告成后该痛快干一杯的喜悦吗？

　　当然，这样的句号我也喜欢。但人生还有另一个句号。

　　打个比方，你在一条路上走，走着走着，忽然有一种"尽头感"时，这句号就隐隐出现。如果你停下来，你足下就清晰地现出一个句号。这条路可不是做一件事时那短短的距离，它是人生追求的路、艺术探索的路和事业奋进的路。这路原本无止无休，你在任何一处都可以起步，踏上征程；你也可以在任何一处画一个句号，退了出来。无论什么都可以成为句号的缘故，那精疲力竭的放弃、自寻清闲的逃逸、江郎才尽的低头认输，乃至收获后的自满自足，甚至在目标达到之后，辉煌的目标也会化为一个句号，尽管这句号闪闪发光。句号，就是停止，就是终结，就是事物最终变为有限的、死去的符号。

我说的是这种句号。

可怕的是，这些句号总是不知不觉地出来。你呢，不知不觉地完结。想想看，你曾经做过的那些有益的事，究竟是什么时候并怎样弃你而去的？

句号往往又和人的自足、人的彻悟、人的惰性连在一起，所以句号大多是人心甘情愿给自己画上的。人随时可能舒舒服服给自己画个句号，休止了自己。

因而，我害怕句号。

我对句号保持着近于神经质的警惕，警觉它，监视它，打击它和超越它。在与句号的斗争中，我一边感到生命的活力，常常闻到自身肌肉搏斗后散发出热烘烘的清香；一边认识到这原是生命存在所必须进行的奋争，也是与自身惰性和保守的对抗。当然……它何其艰难！跨过每一个句号，都需要付出双倍的力量，其中一半是创造力。

然而，在人生或艺术的道路上，只要消灭一个句号，便开始一段崭新的充满诱惑的路。我们还会发现，被我们拒绝和消灭的句号，最终竟然会变成逗号。你是不是也会从中得到启示：

最积极和充实的人生，是不断努力地把句号变为逗号。

体内的小人

　　小人，是指人格卑下者。但这里要说的可不是那些在生活中时不时会碰到的小人。我说的小人在我自己的身上，或自己的体内。

　　小人原本在每个人体内，包括伟人，何况我？人本善，还是人本恶，其实善恶兼有；人当然有人性，却也带着兽性，两性并存。善是用来克制恶的，否则便成了恶人；人性要来克制兽性的，不然就成为兽类。小人呢？

　　善与恶和人与兽是对立的，小人却不是。它如果在别人身上，会很好识别，比如某人好嫉妒，某人好挑唆，某人趋炎附势或卖友求荣，会看得清清楚楚，但这小人在自己身上便不易察觉。它不声不响隐藏在我的体内，暗地作祟，当它表现出来——由于与自己利害相关，往往并不自知，可是在别人眼里，我就显出那么一种小人的意思来了。人常说，身边的坏人好防，小人难防；可是自己体内的小人就更难防了。

体内这些小人什么模样？弄不清模样怎么防？

昨夜读《山海经》的插图，都是神头鬼脑奇肢怪体，一下子居然"瞧见"了这小人的模样。尖头如锥，小眼如灯，舌如条锯，身如烟缕，这样恁怪的东西居然就潜藏在我们的体内甚至是我们的一部分吗？

是的。由于它和我们的私欲、嫉妒、虚荣、贪婪等无形地融为一体，不但不被我们发觉，反而成为我们本质的一部分。它也是人的本质和人性的一部分。这样，它就一定会表现出来的。但在它表现出来时是不知不觉的，我们不会觉察，可是一旦它赤裸裸地呈现出来，我们可就站在高尚的反面和人性的阴影里了。傅雷先生在其所译的《约翰·克利斯朵夫》的序文中不是也说过"真正的光明不会永无黑暗的时刻，真正的英雄也不是永无卑下的情操"吗？

当然，体内的小人最初并不这么可怕。我们或许有点贪心、心生嫉妒、有些私欲与别人的利益相关，每当此时体内的小人可就会自然而然地冒出头来。当它满足了我们，使我们得到好处，我们便会放纵它。久而久之，它就来操纵我们，异化我们，一点点使我们成为货真价实的小人。关键是我们能不能抑制它,战胜它。我们不可能消灭小人——因为它是我们的一部分。我们只能抑制小人，对它保持警惕，不能叫它在体内"长大"，从而使自己走向自己的反面。

所以，我们必须在自己的心里划一条自我的防线，将体内的小人视作自己的敌人，因为战胜这种体内小人的力量，不在别处，与他人无关，全都在自己身上。

我知道，我不可能全部消灭自己身上的小人，但我会对它警惕，以战胜它作为自己为人的快乐。

日　历

　　我喜欢用日历，不用月历。为什么？

　　厚厚一本日历是整整一年的日子。每扯下一页，它新的一页——光亮而开阔的一天便笑嘻嘻地等着我去填满。我喜欢日历每一页后边的"明天"的未知，还隐含着一种希望。"明天"乃是人生中最富魅力的字眼儿。生命的定义就是拥有明天。它不像"未来"那么过于遥远与空洞。它就守候在门外。走出了今天便进入了全新的明天。白天和黑夜的界线是灯光，明天与今天的界线还是灯光。每一个明天都是从灯光熄灭时开始的。那么明天会怎样呢？当然，多半还要看你自己的。你快乐它就是快乐的一天，你无聊它就是无聊的一天，你匆忙它就是匆忙的一天；如果你静下心来就会发现，你不能改变昨天，但你可以决定明天。有时看起来你很被动，你被生活所选择，其实你也在选择生活，是不是？

　　每年元月元日，我都把一本新日历挂在墙上。随手一翻，光溜溜的纸页花花绿绿滑过手心，散着油墨的芬芳。这一刹那我心头十分快活。我居然有这么大把大把的日子！我可以做多少事情！前边的日子就像一个个空间，生机勃勃，宽阔无边，迎面而来。我发现时间也是一种空间。历史不是一种空间吗？人的一生不是一个漫长又巨大的空间吗？一个个明天，不就像是一间间空屋子吗？那就要看你把什么东西搬进来。可是，时间的空间是无形的，触摸不到的。凡是使用过的日子，立即就会消失，抓也抓不住，而且了无痕迹。也许正是这样，我们便会感受到岁月的匆匆与虚无。

有一次，一位著名的表演艺术家对我讲她和她丈夫的一件事。她唱戏，丈夫拉弦。他们很敬业，天天忙着上妆上台，下台下妆，谁也顾不上认真看对方一眼，几十年就这样过去了。一天老伴忽然惊讶地对她说："哎哟，你怎么老了呢！你什么时候老的呀？我一直都在你身边怎么也没发现哪！"她受不了老伴脸上那种伤感的神情。她就去做了美容，除了皱，还除去眼袋。但老伴一看，竟然流下泪来。时针是从来不会逆转的。倒行逆施的只有人类自己的社会与历史。于是，光阴岁月，就像一阵阵呼呼的风或是闪闪烁烁的流光，它最终留给你的只有是无奈而频生的白发和消耗中日见衰弱的身躯。为此，你每扯去一页用过的日历时，是不是觉得有点像扯掉一个生命的页码？

我不能天天都从容地扯下一页。特别是忙碌起来，或者从什么地方开会、活动、考察、访问归来,看见几页或十几页过往的日子挂在那里,黯淡、沉寂和没用。被时间掀过的日历好似废纸。可是当我把这一叠用过的日子扯下来,往往不忍丢掉,而把它们塞在书架的缝隙或夹在画册中间。就像从地上拾起的落叶。它们是我生命的落叶!

别忘了,我们的每一天都曾经生活在这一页一页的日历上。

记得一九七六年唐山大地震那天,我住在长沙路思治里十二号那个顶层上的亭子间被彻底摇散,震毁。我一家三口像老鼠那样找一个洞爬了出来。当我双腿血淋淋地站在洞外,那感觉真像从死神的指缝里侥幸地逃脱出来。转过两天,我向朋友借了一架方形铁盒子般的海鸥牌相机,爬上我那座狼咬狗啃废墟般的破楼,钻进我的房间——实际上已经没有屋顶。我将自己命运所遭遇的惨状拍摄下来,我要记下这一切。我清楚地知道这是我个人独有的经历。这时,突然发现一堵残墙上居然还挂着日历——那蒙满灰土的日历的日子正是地震那一天:1976年7月28日,星期三,丙辰年七月初二。我伸手把它小心地扯下来。如今,它和我当时拍下的照片,已经成了我个人生命史刻骨铭心的珍藏了。

由此,我懂得了日历的意义。它原是我们生命忠实的记录。从"隐形写作"的含义上说,日历是一本日记。它无形地记载我每一天遭遇的、面临的、经受的,以及我本人应对与所作所为,还有改变我的和被我改变的。

然而人生的大部分日子是重复的——重复的工作与人际，重复的事物与相同的事物都很难被记忆。所以我们的日历大多页码都是黯淡无光。过后想起来，好似空洞无物。于是，我们就碰到一个非常重要的关于人本的话题——记忆。人因为记忆而厚重、智慧和理智。更重要的是，记忆使人变得独特。因为记忆排斥平庸。记忆的事物都是纯粹而深刻个人化的。所有个人都是一个独特的"个案"。记忆很像艺术家，潜在心中，专事刻画我们自己的独特性。你是否把自己这个"独特"看得很重要？广义地说，精神事物的真正价值正是它的独特性。无论是一个人，还是一种文化。记忆依靠载体。一个城市的记忆留在它历史的街区与建筑上，一个人的记忆在他的照片上、物品里、老歌老曲中，也在日历上。

然而，人不能只是被动地被记忆，我们还要用行为去创造记忆。我们要用情感、忠诚、爱心、责任感，以及创造性的劳动去书写每一天的日历。把这一天深深嵌入记忆里。我们不是有能力使自己的人生丰富、充实以及具有深度和分量吗？

所以我写过：

"生活就是创造每一天。"

我还在一次艺术家的聚会中说：

"我们今天为之努力的，都是为了明天的回忆。"

为此,每每到了一年的最后几天。我都是不肯再去扯日历。我总把这最后几页保存下来。这可能出于生命的本能。我不愿意把日子花得精光。你一定会笑我,并问我这样就能保存住日子吗?我便把自己在今年日历的最后一页上写的四句诗拿给你看:

　　岁月何其速,
　　哎呀又一年,
　　花叶全无迹,
　　存世唯诗篇。

正像保存葡萄最好的方式是把葡萄变为酒,保存岁月最好的方式是致力于把岁月变为永存的诗篇或画卷。

现在我来回答文章开始时那个问题:为什么我喜欢日历?因为日历具有生命感。或者说日历叫我随时感知自己的生命,并叫我思考如何珍惜它。

白　发

人生入秋，便开始被友人指着脑袋说：

"呀，你怎么也有白发了？"

听罢笑而不答，偶尔笑答一句："因为头发里的色素都跑到稿纸上去了。"

就这样，嘻嘻哈哈、糊里糊涂地翻过了生命的山脊，开始渐渐下坡来。或者再努力，往上登一登。

对镜看白发，有时也会认真起来：这白发中的第一根是何时出现的？为了什么？思绪往往会超越时空，一下子回到了少年时——那次同母亲聊天，母亲背窗而坐，窗子敞着，微风无声地轻轻掀动母亲的头发，忽见母亲的一根头发被吹立起来，在夕照里竟然银亮银亮，是一根白发！这根细细的白发在风里柔弱摇曳，却不肯倒下，好似对我召唤。我第一次看见母亲的白发，第一次强烈地感受到母亲也会老，这是多可怕的事啊！我禁不住过去扑在母亲怀里。母亲不知出了什么事，问我，用力想托我起来，我却紧紧抱住母亲，好似生怕她离去……事后，我一直没有告诉母亲这究竟为了什么。最浓烈的感情难以表达出来，最脆弱的感情只能珍藏在自己心里。如今，母亲已是满头白发，但初见她白发的感受却深刻难忘。那种人生感，那种凄然，那种无可奈何，正像我们无法把地上的落叶抛回树枝上去……

妻子把一小酒盅染发剂和一支扁头油画笔拿到我面前，叫我帮她染发，我心里一动，怎么，我们这一代生命的森林也开始落叶了？我瞥一眼她的头发，笑道："不过两三根白头发，也要这样小题大做？"可是待我用手指撩开她的头发，我惊讶了，在这黑黑的头发里怎么会埋藏这么多的白发！我竟如此粗心大意，至今才发现才看到。也正是由于这样多的白发，才迫使她动用这遮掩青春衰退的颜色。可是她明明一头乌黑而清香的秀发呀，究竟怎样一根根悄悄变白的？是在我不停歇的忙忙碌碌中、侃侃而谈中，还是在不舍昼夜的埋头写作中？是那些年在大地震后寄人篱下的茹苦含辛的生活所致？是为了我那次重病内心焦虑而催白的？还是那件事……几乎伤透了她的心，一夜间骤然生出这么多白发？

黑发如同绿草，白发犹如枯草；黑发像绿草那样散发着生命诱人的气息，白发却像枯草那样晃动着刺目的、凄凉的、枯竭的颜色。我怎样做才能还给她一如当年那一头美丽的黑发？我急于把她所有变白的头发染黑。她却说：

"你是不是把染发剂滴在我头顶上了？"

我一怔，赶忙用眼皮噙住泪水，不叫它再滴落下来。

一次，我把剩下的染发剂交给她，请她也给我的头发染一染。这一染，居然年轻许多！谁说时光难返，谁说青春难再，就这样我也加入了用染发剂追回岁月的行列。谁知染发是件愈来愈艰难的事情。不仅日日增多的白发需要加工，而且这时才知道，白发并不是由黑发变的，它们是从走向衰老的生命深处滋生出来的。当染过的头发看上去一片乌黑青黛，它们的根部又齐刷刷冒出一茬雪白。任你怎样去染，去遮盖，它还是茬茬涌现。人生的秋天和大自然的春天一样顽强。挡不住的白发呀！

开始时精心细染，不肯漏掉一根。但事情忙起来，没有闲暇染发，只好任由它花白。染又麻烦，不染难看，渐而成了负担。

一日，邻家一位老者来访。这老者阅历深，博学，又健朗，鹤发童颜，很有神采。他进屋，正坐在阳光里。一个画面令我震惊——他不单头发通白，连胡须眉毛也一概全白；在强光的照耀下，蓬松柔和，光明透彻，亮如银丝，竟没有一根灰黑色，真是美极了！我禁不住说："将来我也修炼出您这一头漂亮潇洒的白发就好了，现在的我，染和不染，成了两难。"老者听了，朗声大笑，然后对我说：

"小老弟，你挺明白的人，怎么在白发面前糊涂了？孩童有稚嫩的美，青年有健旺的美，你有中年成熟的美，我有老来冲淡自如的美。这就像大自然的四季——春天葱茏，夏天繁盛，秋天斑斓，冬天纯净。各有各的美感，各有各的优势，谁也不必羡慕谁，更不能模仿谁，模仿必累，勉强更累。人的事，生而尽其动，死而尽其静。听其自然，到什么季节享受什么季节。哎，我这话不知对你有没有用，小老弟！"

我听罢，顿觉地阔天宽，心情快活。摆一摆脑袋，头上花发来回一晃，宛如摇动一片秋光中的芦花。

低　调

在媒体和网络的时代，一个人只有高调才会叫人看见、叫人知道、叫人关注。高调必须强势，不怕攻击，反过来愈被攻击愈受关注，愈成为一时舆论的主角，干出点什么都会热销。高调不仅风光，还带来名利双赢，所以有人选择高调。

高调也会使人上瘾，高调的人往往离不开高调，像吸烟饮酒，愈好愈降不下来，降下来就难受。可是媒体和网络都是一过性的，滚动式的，喜新厌旧的。任何人都很难总站在高音区里边，所以必须不断折腾、炒作、造势、生事，才能持续高调。

有人以为高调是一种成功，其实不然。高调只是这个时代的一种活法。当然，每个人都有权选择自己的活法，选择什么都无可厚非。于是，另一些人就去选择另一种活法——低调。

这种人不喜欢一举一动都被人关注，一言一语也被人议论，不喜欢人前显贵，更不喜欢被"狗仔队"追逐，被粉丝死死纠缠与围困，被曝光得一丝不挂。他们明白在商品和消费的社会里，高调存在的代价是被商品化和被消费。这样，心甘情愿低调的人就没人认识，不为人所知，但他们反而能踏踏实实做自己喜欢的事，充分地享受和咀嚼日子，活得平心静气，安稳又踏实。你问他怎么这么低调，他会一笑而已，就像自己爱一个人，需要对别人说明吗？

所以说：低调为了生活在自己的世界里，高调为了生活在别人的世界里。

文化也是一样。也有高调的文化和低调的文化。

首先，商业文化就必须是高调的，只有高调才会热卖热销，低调谁知道谁去买？然而热销的东西不可能总热销，它迟早会被更新鲜更时髦的东西取代。所以说，时尚是商业文化的宠儿，在市场上最成功的是时尚商品。人说时尚是造势造出来的，里边大量五光十色的泡沫，但商品文化不怕泡沫，因为它只求当时的商业效应，一时的震撼与强势，不求持久的魅力。

故而，另一种追求持久生命魅力的纯文化很难在当今时代大红大紫，可是它也不会为大红大紫而放弃一己的追求。它甘于寂寞，因为它确信这种文化的价值与意义。

我很尊敬我的一些同行的作家。在市场称霸的社会中，恐怕作家是最沉得住气的一群人。他们平日不知躲在什么地方，很少伸头探脑，有时一两年不见，看似在人间蒸发了，却忽然把一本十几万或几十万字厚重的书拿了出来。他们笔尖触动的生活与人性之深，文字创造力之强，令人吃惊。待到人们去品读去议论，他们又不声不响扎到什么地方去了。唯其这样才能写出真正洞悉社会人生的作品来。

作家天生是低调的。他们生活在社会深深的皱褶里，也生活在自己的心灵与性情里，所以看得见黑暗中的光线和阳光中的阴影，以及大地深处的疼点。他们天生不是做明星的材料，不会经营自己只会营造笔下的人物。任何思想者都是这样：把自己放在低调里，是为了让思想真正成为一种时代的高调。

享受一下低调吧——低调的宁静、踏实、深邃与隽永。低调不是被边缘被遗忘，更不是无能。相反只有自信才能做到低调和安于低调。

底　线

　　一次，一位在江南开锁厂的老板说他的买卖很兴旺，日进斗金，很快要上市了。我问他何以如此发达？

　　他答曰："现在的人富了，有钱有物，自然要加锁买锁；再有，我的锁科技含量高，一般技术很难打开，而且不断技术更新，所以市场总在我手里。"

　　我笑道："我的一位好朋友说，世界上他最不喜欢的东西就是锁，因为锁是对人不信任，是用来防人的。"

　　锁厂老板眉毛一挑说："不防人防谁？我赚的就是防人的钱。你以为这世上真有夜不闭户的地方吗？"

　　我说："五十年代真有。七十年代我住在一座房子的顶楼上，门上只有个挂钩，没锁，白天上班把门一关钩一挂，从来没被人偷过。"

　　锁厂老板说："那是什么时候，早没影儿了，不信你不锁门试试。"

我笑了笑没再说，我信他的话。我承认，一个物欲的时代和一个非物欲的时代，人的底线是不同的。社会的底线也在下降。所谓社会底线下降，就是容忍度的放宽。原先看不惯的，现在睁一眼闭一眼了；原先不能接受的，现在不接受也存在了。在商业博弈中，谎话欺骗全成了"智慧"；在社会利益竞争中，损人利己成了普遍的可以获利的现实；诚信有时非但无从兑现，甚至成为一种商业的吆喝或陷阱。在这样的社会生态中，人的底线不知不觉在下降。

可是这底线就像江河的水线，水有一定高度，船好行驶，人好游泳，如果有一天降到了底儿，大家就一起陷在烂泥里。我们连自己是脏是净是谁都不知道了。

所以，人总得有自己做人做事的底线。其实这底线原本是十分清楚的。比如人不能"见利忘义""卖友求荣""卖国求荣""乘人之危"，不能"虐待父母""以强凌弱""恩将仇报""落井投石"，还有"不义之财君莫取""朋友妻不可欺"等等。

这个古来世人皆知的底线，也是处世为人的标准，似乎已被全线突破了。

底线是无形地存在于两个地方。一在社会中，一在每个人心里。如果人们都降低自己的底线，社会的底线一定下降。社会失去共同遵守的底线，世道人伦一定败坏；如果人人守住底线，社会便拥有一条美丽的水准线——文明。因此说，守住底线，既为了成全社会，也是成全自己。

然而，这两个底线又相互影响。关键是，在你的底线碰到低于你底线的情况时，你是降下自己的底线，随波逐流，还是坚守自己，洁身自好，坚持一己做人做事的原则？有人说，在物欲和功利的社会里，这底线是脆弱的。依我看，社会的底线是脆弱的，人的底线依旧可以坚强，牢固不破。

底线是人的自我基准，道德的基准，处世为人的基准。

人的自信是建立在底线上的。没有底线，一定会是一塌糊涂的失败的自我，乃至失败的人生。有底线，起码在"人"的层面上，获得了成功的自我与成功的人生。

公　德

在汉堡定居的一个中国人，对我讲了他的一次亲身感受。

他刚到汉堡时，随着几个德国青年驾车到郊外游玩。他在车里吃香蕉，看车窗外没人，就顺手把香蕉皮扔了出去。驾车的德国青年马上"吱"地来了个急刹车，下车拾起香蕉皮塞到一个废纸兜里，放进车中，对他说："这样别人会滑倒的。"这件事给他印象极深，从此再不敢随便乱丢废物。

在欧美国家的快餐店里，有个不成文的规矩，吃完东西要把用过的纸盘纸杯吸管扔进店内设置的大塑料箱内，以保持环境的整洁。为了使别人舒适，不妨碍别人，这叫公德。

在美国碰到过两件小事，我记得非常深。

一次是在华盛顿艺术博物馆前的开阔地上，一个身穿大衣的男人猫腰在地上拾废纸。当风吹起一块废纸时，他就像捉蝴蝶一样跟着跑，抓住后放在垃圾筒内，直到把地上的乱纸拾净，拍拍手上的土，走了。这人是谁，不知道。大概他看不惯这些废纸满地，就这样做了。

另一次在芝加哥的音乐厅。休息室的一角是可以抽烟的，摆着几个脸盆大小坐地的烟缸，里边全是银色的细沙，为了不叫里边的烟灰显出来难看。但大烟缸里没有一个烟蒂。柔和的银沙很柔美。我用手一拂，几个烟蒂被指尖勾起来。原来人们都把烟蒂埋在下面，为了怕看上去杂乱。值得深思的是，没有一个人不这样做。

有人说，美国人的文化很浅，但教育很好。我十分赞同这见解。教育好，可以使文化浅的国家的人很文明；教育不好，却能使文化古老国家的人文明程度很低，素质很差。教育中的"德"，一个重要成分是公德。公德的根本是重视他人的存在。

我坐在布鲁塞尔一家旅店的大厅内等候一个朋友。我点着烟，看到对面一个人面前放个烟碟，就伸手拉过来。不一会儿那人起身伸长胳膊往我面前的烟碟里磕烟灰，我才知道他也正在抽烟，赶紧把烟碟推过去。他很高兴，马上谢谢我，并和我极友好地谈起天来。我想，当我把烟碟拉过来时，他为什么不粗声粗气地说："哎，你没看见我正在抽烟！"

美好的环境培养着人们的公德，比如在清洁的新加坡，有随地吐痰恶习的人也不会张口把一口痰唾在光洁如洗的地面上。相反,混乱肮脏的环境败坏人们的公德,比如纽约地铁,墙壁和车厢内外到处胡涂乱抹,污秽不堪,人们的烟头乱纸也就随手抛了。

好的招致好的,坏的传染坏的,善的感染善的,恶的刺激恶的,世上万事皆同此理。

送 礼

  东洋人来了，双手郑重捧上贵重一大包礼物；西洋人来了，连喊带叫，兴奋得直蹦，却不知他们会把什么微不足道的小东西送给你。所以总听人说：西洋人比东洋人小气。其实这是种误会。

  一次一个德国人邀我去他家玩。我送给他全家每人一份厚礼，还唯恐礼薄。我在他家高高兴兴玩一天，住一夜，第二天告别前吃早餐时，他和他妻子指指我的面前，柔和微笑着说："这是我们送给你的礼物。"我一看，原来是条印着当地风景的小手绢。

  这是典型的西方礼物和送礼方式。礼物只是作为一种纪念，再也不包括其他含义。

  西方人不重送礼。他们把请客吃饭作为上好的款待。如果请你去他家吃饭，就表示分外友好了。因为西方人不愿意随便领人到自己家。家，是自己的世界。进他家，就进入他的世界。如果再进一步，他像导游那样，带领你参观他家，还挽留你在他家住上两天，就无疑要与你交朋友了。

　　朋友间来往，礼物仅仅是助兴而已。你去他家吃饭，给男主人带一瓶酒，给女主人带一束花，就为当日聚会平添兴致。西方人送礼的高潮是圣诞之夜，亲友们互赠礼物，件件礼物都装在精美的盒子里，包装得漂漂亮亮，系上彩色缎带或别一朵纱花。但盒子里的礼物并不一定贵重，只是愈新奇愈有趣愈好。如果这礼物是你亲手制作的更好，因为此中有你的心意在。

　　按照他们的习惯，接受礼物，必需当面打开。他想看你见到礼物时高兴的表情，礼物就是为了叫你高兴，难道还有什么别的用意？

　　因此，没人以礼物的薄厚，掂量你的价值，估计你的油水，衡量你和他的关系，并以此确定对你的态度。礼物仅仅是一种"礼"，很少有"物"的含义。倘若送一本书或画册，被认作是高尚的馈赠。很少有人把家用电器一类东西当作礼物，因为这种"礼物"似乎含有恩惠意味，会使接受礼物者莫名其妙。

　　再说，有位东洋人来看我，先送我一大盒讲究的画笔，坐定之后才知道，他想出版我的书但不想付报酬。这礼物看上去就毫无"礼物"的味道了。

　　中国有句老话，叫作"礼轻心意重"，这话不错。可惜当今改为"礼重心意重"。心意二字的内涵也变了。礼物成了买路钱和敲门砖。路，乃路子也；门，乃后门也。

墓　地

　　死亡并非凄惨，并非一片空茫。死亡也是诗，是生命化入永恒的延续，这是使我每逢到国外，路经一处墓地，必要进去流连一番的缘故。它与中国坟地不同，毫无凄凉萧瑟之感，甚至像公园，但不是活人游乐而是死人安息的地方，处处树木幽深，花草葳蕤，一座座坟墓都是优美的石雕，有的称得上艺术杰作。

　　在德国我见过一座墓，墓石两边浮雕一双巨大的耳朵。死者长眠地下，还要倾听世间的万籁，这才叫不甘寂寞。这一双大耳线条浑厚而洗练，和胖墩墩墓石谐调为一个浑厚的整体。墓碑上刻着一行字："我带不走的只有爱。"

　　看来这雕刻家像死者的朋友一样了解他。

　　漫步墓地间，浏览那些在树影深处、花草丛中各式各样的坟墓，真比在安特卫普的雕塑公园享受更多也感受更多。因为这里永远沉睡着无数连梦也没有、绝对安宁的灵魂。他们曾经是一个个活生生有血有肉有声有色的人。此时，每一个墓穴里安葬着一个故事。小说家的故事是虚构的，他们的故事却是真实的。他们的容貌、个性、过失、业绩、命运以及真切的内心无从得知，只有任你去猜，一大片人生的想象构成墓地无限的空白。仅有的提示，便是墓碑上的铭言。我最喜欢伫立在这些陌生人的墓前，默然读着这些碑文。墓碑上很少"树碑立传"和"歌功颂德"，大多只有生卒年月，还有一句或几句话，大多是死者留下的遗言，或是他的亲友对其最后的馈赠。有几个碑文我至今依然记得：

"所有的事我都快乐，包括这一次。"

"我是个酒鬼，现在才真醉了。"

"忘掉这个人的过失，记着他的好处。"

"你不认识我，我从未成功过；我的朋友都牢记我，凡事我都认真地做过。"

常常见到墓碑前斜放着一枝鲜艳的玫瑰，或是一大束死者生前喜欢的花。那是饶有诗意的想念。

在英国一处墓地，深秋天气，我见到一个老年妇女在地上拾落叶。她把精心选择到的最美最红的叶子一片片轻轻放在一座墓碑的石板上。她做得好虔诚，又好像在享受着什么。我在公墓绕一圈回来，她不见了，只有墓穴上盖一大片秋叶。太阳静静晒着，好像愈晒愈红……

欧洲宗教说死者要进天堂，中国佛教说死者要进地狱。进天堂快活而安详，因此西方的葬礼没有闹丧，幻想的形象是天使，不是阎罗小鬼牛头马面；祭奠用鲜花而不用瘆人的纸花。中国的儒家讲入世之道，对死的想象紧紧联系着生存现实，每到祭日便要烧纸钱纸衣纸车纸马，如今还烧纸电视纸洗衣机。中国人重实际，这也是中西文化传统的区别。

夏威夷的一片墓地给我独特印象。在山顶一片平荡荡绿茵地上，放着上千块距离相等的方石板，大约一本杂志大小，这是小小石棺，是埋葬骨灰用的。据说凡是参加第二次世界大战的人都可以埋葬在这里，石板上只有号码，埋葬好，就按号码把死者名字刻在前方一堵青色的墙上。这地方风景极美丽，无时无刻都有潮湿的海风轻轻吹拂，清爽而透亮。石棺是统一规格的，不论死者身份，不分大小粗细，完全相等。我猛然想起雨果在巴尔扎克墓前的一句话："死亡是伟大的平等，也是伟大的自由。"

当然，凡是对死的寄语，都是对生存世界的追求。

第二辑　生活雅趣

从属于生命的事物,一定会永远地记忆着生命的内容。特别是在生命消失之后。我这句话是广义的。

物本无情,物皆有情。

往事如"烟"

从家族史的意义上说,抽烟没有遗传。虽然我父亲抽烟,我也抽过烟,但在烟上我们没有基因关系。我曾经大抽其烟,我儿子却绝不沾烟,儿子坚定地认为不抽烟是一种文明。看来个人的烟史是一段绝对属于自己的人生故事。而且在开始成为烟民时,就像好小说那样,各自还都有一个"非凡"的开头。

记得上小学时,我做肺部的X光透视检查。医生一看我肺部的影像,竟然朝我瞪大双眼,那神气好像发现了奇迹。他对我说:"你的肺简直跟玻璃的一样,太干净太透亮了。记住,孩子,长大可绝对不要吸烟!"

可是,后来步入艰难的社会。我从事仿制古画的单位被"文革"的大锤击碎。我必须为一家塑料印刷的小作坊跑业务,天天像沿街乞讨一样,钻进一家家工厂去寻找活计。而接洽业务,打开局面,与对方沟通,先要敬上一支烟。烟是市井中一把打开对方大门的钥匙。可最初我敬上烟时，却只是看着对方抽，自己不抽。这样反而倒有些尴尬。敬烟成了生硬的"送礼"。于是，我便硬着头皮开始了抽烟的生涯。为了敬烟而吸烟，应该说，我抽烟完全是被迫的。

儿时，那位医生叮嘱我的话，那句金玉良言，我至今未忘。但生活的警句常常被生活本身击碎，因为现实总是至高无上的。甚至还会叫真理甘拜下风。当然，如果说起我对生活严酷性的体验，这还只是九牛一毛呢！

古人以为诗人离不开酒，酒后的放纵会给诗人招来意外的灵感；今人以为作家的写作离不开烟，看看他们写作时脑袋顶上那纷纭缭绕的烟缕，多么像他们头脑中翻滚的思绪啊。但这全是误解！好的诗句都是在清明的头脑中跳跃出来的，而"无烟作家"也一样写出大作品。

他们并不是为了写作才抽烟。他们只是写作时也要抽烟而已。

真正的烟民全都是无时不抽的。

他们闲时抽，忙时抽；舒服时抽，疲乏时抽；苦闷时抽，兴奋时抽；一个人时抽，一群人更抽；喝茶时抽，喝酒时抽；饭前抽几口，饭后抽一支；睡前抽几口，醒来抽一支。右手空着时用右手抽，右手忙着时用左手抽。如果坐着抽，走着抽，躺着也抽，那一准是头一流的烟民。记得我在自己烟史的高峰期，半夜起来还要点上烟，抽半支，再睡。我们误以为烟有消闲、解闷、镇定、提神和助兴的功能，其实不然。对于烟民来说，不过是这无时不伴随着他们的小小的烟卷，参与了他们大大小小一切的人生苦乐罢了。

我至今记得父亲挨整时，总躲在屋角不停地抽烟。那个浓烟包裹着的一动不动的蜷曲的身影，是我见到过的世间最愁苦的形象。烟，到底是消解了还是加重他的忧愁和抑郁？

那么，人们的烟瘾又是从何而来？

烟瘾来自烟的魅力。我看烟的魅力，就是在你把一支雪白和崭新的烟卷从烟盒抽出来，性感地夹在唇间，点上，然后深深地将雾化了的带着刺激性香味的烟丝吸入身体而略感精神一爽的那一刻。即抽第一口烟的那一刻。随后，便是这吸烟动作的不断重复。而烟的魅力在这不断重复的吸烟中消失。

其实，世界上大部分事物的魅力，都在这最初接触的那一刻。

我们总想去再感受一下那一刻，于是就有了瘾。所以说，烟瘾就是不断燃起的"抽上一口"——也就是第一口烟的欲求。这第一口之后再吸下去，就成了一种毫无意义的习惯性的行为。我的一位好友张贤亮深谙此理，所以他每次点上烟，抽上两三口，就把烟按死在烟缸里。有人说，他才是最懂得抽烟的。他抽烟一如赏烟。并说他是"最高品位的烟民"。但也有人说，这第一口所受尼古丁的伤害最大，最具冲击性，所以笑称他是"自残意识最清醒的烟鬼"。

但是，不管怎么样，烟最终留给我们的是发黄的牙和夹烟卷的手指、熏黑的肺、咳嗽和痰喘，还有难以谢绝的烟瘾本身。

父亲抽了一辈子烟，抽得够凶。他年轻时最爱抽英国老牌的"红光"，后来专抽"恒大"。"文革"时发给他的生活费只够吃饭，但他还是要挤出钱来，抽一种军绿色封皮的最廉价的"战斗牌"纸烟。如果偶尔得到一支"墨菊""牡丹"，便像中了彩那样，立刻眉开眼笑。这烟一直抽得他晚年患"肺气肿"，肺叶成了筒形，呼吸很费力，才把烟扔掉。

十多年前，我抽得也凶，尤其是写作中。我住在北京人民文学出版社写长篇时，四五个作家挤在一间屋里，连写作带睡觉。我们全抽烟。天天把小屋抽成一片云海。灰白色厚厚的云层静静地浮在屋子中间。烟民之间全是有福同享，一人有烟大家抽，抽完这人抽那人。全抽完了，就趴在地上找烟头。凑几个烟头，剥出烟丝，撕一条稿纸卷上，又是一支烟。可有时晚上躺下来，忽然害怕桌上烟火未熄，犯起了神经质，爬起来查看查看，还不放心。索性把新写的稿纸拿到枕边，怕把自己的心血烧掉。

烟民做到这个份儿，后来戒烟的过程必然十分艰难。单用意志远远不够，还得使出各种办法对付自己。比方，一方面我在面前故意摆一盒烟,用激将法来捶打自己的意志,一方面,在烟瘾上来时,又不得不把一支不装烟丝的空烟斗叼在嘴上。好像在戒奶的孩子的嘴里塞上一个奶嘴,致使来访的朋友们哈哈大笑。

只有在戒烟的时候,才会感受到烟的厉害。

最厉害的事物是一种看不见的习惯。当你与一种有害的习惯诀别之后,又找不到新的事物并成为一种习惯时,最容易出现的便是返回去。从生活习惯到思想习惯全是如此。这一点也是我在小说《三寸金莲》中"放足"那部分着意写的。

如今我已经戒烟十年有余。屋内烟消云散,一片清明,空气里只有观音竹细密的小叶散出的优雅而高逸的气息。至于架上的书,历史的界线更显分明:凡是发黄的书脊,全是我吸烟时代就立在书架上的;此后来者,则一律鲜明夺目,毫无污染。今天,写作时不再吸烟,思维一样灵动如水,活泼而光亮。往往看到电视片中出现一位奋笔写作的作家,一边皱眉深思,一边吞云吐雾,我会哑然失笑,并庆幸自己已然和这种糟糕的样子永久地告别了。

一个边儿磨毛的皮烟盒,一个老式的有机玻璃烟嘴,陈放在我的玻璃柜里,这是我生命的文物。但在它们成为文物之后,所证实的不仅仅是我做过烟民的履历,它还会忽然鲜活地把昨天生活的某一个画面唤醒,就像我上边描述的那种种的细节和种种的滋味。

去年我去北欧，在爱尔兰首都都柏林的一个小烟摊前，忽然一个圆形红色的形象跳到眼中。我马上认出这是父亲半个世纪前常抽的那种英国名牌烟"红光"。一种十分特别和久违的亲切感拥到我的身上。我马上买了一盒。回津后，在父亲祭日那天，用一束淡雅的花衬托着，将它放在父亲的墓前。这一瞬竟叫我感到了父亲在世一般的音容，很生动，很贴近。这真是奇妙的事！虽然我明明知道这烟曾经有害于父亲的身体，在父亲活着的时候，我希望彻底撤掉它。但在父亲离去后，我为什么又把它十分珍惜地自万里之外捧了回来？

我明白了，这烟其实早已经是父亲生命的一部分。

从属于生命的事物，一定会永远地记忆着生命的内容。特别是在生命消失之后。我这句话是广义的。

物本无情，物皆有情。这两句话中间的道理便是本文深在的主题。

吃鲫鱼说

鸡不能吃自家养的,鱼必须吃自己钓的。

前者的缘故是,家禽通人性,吃时下嘴难;后者的缘故是,钓鱼又吃鱼是双倍的乐趣。

深秋晨时,在水塘边择一幽僻处,取香饵一珠,粘于银钩之尖,悄悄下竿于苇草间。水色深碧,鱼漂明亮,尖头露出水面,显得十分灵通。漂儿连着细如发丝一般的敏感的线,再接着埋伏在香饵中锐利的钩儿。少焉,鱼漂忽地一动,通报了水底的鱼讯。这时千千万万沉心屏息,握竿勿动,待这漂儿再动两下,跟着像出水的潜水艇顶上的天线,直挺挺升起来,一直升到根部。一个生活中那种小愉快将临的关键时刻到了。手腕一抖,竿成弯弓,水里一片惊慌奔突的景象。钓者最大的乐趣也就在这短暂时刻里。倘是高手,必然不急于把鱼儿提上来,而是用欲擒故纵之法,把鱼儿在水里拉近放远,直遛得没了力气,泄了气,认了头,翻过雪白的肚子，再拉上岸来。

当然这鱼既不是鲤鱼草鱼，也不是武昌白鲢。唯鲫鱼，秋日里最大最肥，而且吃饵的表现，是一种极优美的"托漂"。不像鲤鱼草鱼，吃食时横扫而过，把鱼饵吞下去一拉就走，鱼漂也被一同拉入水中，这称"黑漂"。黑，就是鱼漂在水面上一下看不见了。鲫鱼吃食要文静优雅得多，它们习惯于垂头吸食，待把鱼饵吸入口中，一抬头，鱼漂便直挺挺浮升上来，就叫作"托漂"。天下渔人，一见托漂便知是鲫鱼，一见鲫鱼心中必大喜。唯鲫鱼之味才鲜美也。

若钓到半斤左右鲫鱼，勿烧勿焖，勿用酱油。鱼见本色，最具鱼味。

我家津沽，处处有水，无水无鱼。鲫鱼是最常见的鱼，多种烹调之法中，首推如下：

先把鱼除鳞去肠，收拾干净。愈是银光透亮模样，则愈诱人生出烹调的快感。然后将收拾好的鱼摆在案板上，正反都用刀背轻轻拍打几下。刚钓到的鱼，尽管已把鳃片取掉，眸子仍旧闪闪发亮，时而还会扭动一下身子，把瘪嘴张成一个圆洞。鱼鲜肉紧，拍打几下，松其肉，烹煮时味道才好出来。拍打过后，放在油锅煎炸，微黄即止，取出晾在一边。

另取一锅烧白水。待水滚沸，投鱼入水煮将起来。待汤水见白，放入葱花、姜末、精盐、茴香豆，以及加饭酒。此中要点有三：

一、必须等待汤水变白，再放作料，汤水变白，是鱼被煮透的征象。倘若鱼未煮透，作料的味道不能入鱼便被熬尽，失去作料的意义。二、上述几种作料葱姜蒜盐和料酒必须同时放入。倘若有先有后，先入者则为主，味道则必不能丰富。三、加饭酒必须是绍兴出产，防止假冒，一假全糟。这样，一煮便要十分钟，煮好即成。

煮好的鱼，分做一菜一汤。

先说菜：用一上好青花瓷盘，将鱼摆好，再把汤中的葱花嫩绿摆在银白鱼腹上作为装饰。不需再加任何作料与附料，只备一小碟老醋在旁，属于蘸用的调料。小碟应与盛鱼的青花盘配套。醋要选用山西或天津独流的老醋为佳，不要加辣。一辣遮百味。

再说汤：锅中鱼汤，盛入小碗，再备瓷勺一只，也应与青花盘配套。若桌布也是青白颜色，则会为这绝好汤菜更添兴味。汤中应加调味品，便是胡椒。

菜以醋调味，汤以胡椒调味，以示区别。然胡椒与醋，都是刺激食欲的开胃品，不败鱼味，反提鱼鲜。

食之时，盛精米白饭一小碗。一边吃米，一边吃鱼。白米亮如珠，鱼肉软似玉，鲜美皆天然。由此可知，一切美味，皆是本味，犹如一切美色，皆是本色。故此鱼之美，胜于一切名师御厨锦绣包装也。

饭菜之后，便饮鱼汤。汤宜慢饮，每勺少半，徐徐入口。鱼之精华，尽在汤中。倘能从中品出山水之清纯乃至湖天颜色，不仅是美食家，亦我此汤之知音者也。

我生来心急怕刺，吃鱼不多，唯此样鱼，却是家常喜爱食物。一是鲜美滋味，天下无双；二是自钓自吃，自食其力，自食其果。我人生中最喜欢尝到这种成果。

君若有意，不妨照方一试。但别忘了，不能不钓而吃，而是先钓后吃。自钓自吃，才是此种美食之要义也。

无书的日子

你出外旅行，在某个僻远的小镇住进一家小店，赶上天阴落雨，这该死的连绵的雨把你闷在屋里。你拉开提包锁链，呀，糟糕之极！竟然把该带在身边的一本书忘在家中——这是每一个出外的人经常会碰到的遗憾。你怎么办？身在他乡，陌生无友，手中无书，面对雨窗孤坐，那是何等滋味？我嘛，嘿，我自有我的办法！

道出这办法之前，先要说这办法的由来。

我家在"文革"初被洗劫一空。藏书千余，听凭革命造反派们撕之毁之，付之一炬。抄家过后，收拾破破烂烂的家具杂物时，把残书和哪怕是零零散散的书页都万分珍惜地敛起来，整理、缝钉，破口处全用玻璃纸粘好；完整者寥寥，残篇散页却有一大包袱。逢到苦闷寂寞之时，便拿出来读。读书如听音乐，一进入即换一番天地。时入蛮荒远古，时入异国异俗，时入霞光夕照，时入人间百味。一时间，自身的烦扰困顿乃至四周的破门败墙全都化为乌有,书中世界与心中世界融为一体——人物的苦恼赶走自己的苦恼,故事的紧张替代现实的紧张,即便忧伤悒郁之情也换了一种。艺术把一切都审美化,丑也是一种美,在艺术中审丑也是审美,也是享受。

但是,我从未把书当作伴我消度时光的闲友,而把它们认定是充实和加深我的真正伙伴。你读书,尤其是那些名著,就是和人类历史上最杰出的先贤智者相交!这些先贤智者著书或是为了寻求别人理解,或是为了探求人生的途径与处世的真理。不论他们的箴言沟通于你的人生经验,他们聪慧的感受触发你的悟性,还是他们天才的思想顿时把你蒙昧混沌的头颅透彻照亮——你的脑袋仿佛忽然变成一只通电发亮的灯——他们不是你最宝贵的精神朋友吗?

半本《约翰·克利斯朵夫》几乎叫我看烂,散页的中外诗词全都烂熟于我心中。然而,读这些无头无尾的残书倒别有一种体味,就像面对残断胳膊的维纳斯时,你不知不觉会用你自己最美的想象去安装它。书中某一个人物的命运由于缺篇少章不知后果,我并不觉得别扭,反而用自己的想象去发展它,完成它。我按照自己的意志为它们设想出必然的命运变化和结局。我感到自己就像命运之神那样安排着一个个生命有意味的命运历程。当时,我的命运被别人掌握,我却掌握着另一些"人物"的命运;前者痛苦,后者幸福。

往往我给一个人物设计出几种结局。小说中人物的结局才是人物的完成。当然我不知道这些人物在原书中的结局是什么，我就把自己这些续篇分别讲给不同朋友听。凡是某一种结局感动了朋友，我就认定原作一定是这样，好像我这才是真本，听故事的朋友们自然也就深信不疑。

"文革"后，书都重新出版了。常有朋友对我说："你讲的那本书最近我读了，那人物根本没死，结尾也不是你讲的那样……"他们来找我算账。不过也有的朋友望着我笑而不答的脸说："不过，你那样结束也不错……"

当初，续编这些残书未了的故事，我干得挺来劲儿，因为在续编中，我不知不觉使用了自己的人生经验，调动出我生活中最生动、独特和珍贵的细节，发挥了我的艺术想象。而享受自己的想象才是最醉心的，这是艺术创造者们所独有的一种感受。后来，又是不知不觉，我脱开别人的故事轨道，自己奔跑起来。世界上最可爱的是纸，偏偏纸多得无穷无尽，它们是文学挥洒的无边无际的天地。我开始把一张张洁白无瑕的纸铺在桌上，写下心中藏不住的、唯我独有的故事。

写书比读书幸福得多了。

读书是欣赏别人，写书是挖掘自己；读书是接受别人的沐浴，写作是一种自我净化。一个人的两只眼用来看别人，但还需要一只眼对向自己，时常审视深藏自身中的灵魂，在你挑剔世界的同时还要同样地挑剔自己。写作能使你愈来愈公正、愈严格、愈开阔、愈善良。你受益于文学首先是在于这样的自我更新和灵魂再造，否则你从哪里获得文学所必需的真诚？

读书是享用别人的创造成果，写书是自己创造出来供给他人享用。文学的本质是从无到有。文学毫不宽容地排斥仿造，人物、题材、形式、方法，哪怕别人甚至自己使用过的一个巧妙的比喻也不容在你笔下再次出现。当它所有的细胞都是新生的，才能说你创造了一个新生命。于是你为这世界提供一个有认识价值、并充满魅力的新人物，它不曾在人间真正活过一天，却有名有姓有血有肉，并在许许多多读者心底深刻并形象地存在着；一些人从它身上发现身边的人，一些人从它个性中发现自己；人们从中印证自己，反省过失，寻求教训，发现生存价值和生活真谛……还有，世界上一切事物在你的创作中，都带着光泽、带着声音、带着生命的气息和你的情感而再现，而这所有一切又都是在你两三尺小小书桌上诞生的，写书是多么令人迷醉的事情啊！

在那无书的日子里，我是被迫却又心甘情愿地走到这条道路上去的，这便是写书。

无书而写书。失而复得，生活总是叫你失掉的少，获得的多。

嘿嘿，这就是我要说的了——

每当旅行在外，手边无书，我就找几块纸铺展在桌。哪怕一连下上它半个月的雨，我照旧充满活力、眼光发亮、有声有色地待在屋中。我可不是拿写书当作一种消遣。我在做上帝做过的事：

创造生命。

遛 摊

　　古玩之雅好，始于逛店遛摊。买古董比玩古董有更大快感，这句话后边会说清楚。

　　其实在古玩市场，也就是逛店与遛摊这两样。店，即沿街那些大大小小的古玩店；摊，便是外来小贩或农民在街边就地摆设的古董摊。我很少逛店，多是遛摊，缘故有三：

　　一是地摊的东西多是由边远地方来的"源头货"。小贩大半是外行，他们从乡村的农民手里花几个钱买来古物，并不知道东西的价值，不过拿到城里多换点银子罢了；如果是农民自己背来的，其中更会"藏龙卧虎"。倘若被你从中发现，不仅有意外得宝的惊喜，更有"发现者"的快乐。而古玩店就全然不同了，那里的老板伙计全是内行，精熟灵透，刁钻得很，店里的古物，都是"被发现"过的，很难叫你拾到"漏儿"。我天性喜好发现，不喜欢重复别人的发现，故我好遛摊而不喜逛店。

二是店里的东西要加上店铺的人吃马喂以及老板的利润，若真是一件"大器"，都被老板攥在手里，指着它"开张吃三年"呢。而且古玩店赚钱，卖真也卖假，倘若有人说打某某店买了件便宜货，一准是把假东西美滋滋地买回家了。可是，地摊上的东西有沙有金，有石有玉，只要你识货，肯定会看出一个国色天香来。

三是店里的老板伙计全是本地人，都认识我。我一露面，好比肥牛出现，便朝我磨刀霍霍，宰我为快。但外地来的地摊小贩不认得我，公平交易，各展其能。

出自这三个原因，我遛摊还真的遛出不少好东西。或者说我至少一半藏品是"遛"出来的。大到唐乐舞伎石雕须弥座、辽代经幢、宋人的高僧像，小到方于鲁的墨、海兽葡萄镜、越窑的小碗以及一块块民间古版。然而这遛摊，除去眼力，也得有些购物的技巧。外地来的小贩虽然不知手中之物的真正价值，却知道一件稀世古物可以价值连城。他们异想天开地叫出个"天价"来，而且常常是从买主的神气与口气里猜度自己手里古董的分量。于是，遛摊时一旦发现好东西，千万要按住惊喜，切勿眼珠冒光，如逢奇宝，叫小贩开了窍。

其次，要把眼睛盯着旁边的另一件东西，同时用眼角余光将你看中的古物弄个明白。所谓弄明白，就是辨明真假、年代、品相三样。一旦确认无疑，便用一种不屑的顺便一问的口气探探对方的要价。我的一位朋友,每从摊上相中一物,向来不用手指,而用脚点一点那东西,说:"这破石头玩意儿卖几块钱?"其次,就是不要急于求成。买古董不可太"欺",愈"欺"愈买不到手。反正摆摊的和开店的不一样,开店的不着急,东西放在那儿,等你来找它;摆摊的小贩可不行,卖了东西,还要回家。买卖道儿上,谁急谁吃亏。好比钓鱼,心急必脱钩,不急钓大鱼。倘若把这些技巧掌握住,好东西十有八九便到了你的府上。

我就用这些技巧买到不少件上等古物。比方一次见一老农摆摊,黑脸黄牙,额头上深皱如沟,可以夹住一张名片。他蹲在地上,身前一块破布摆几个黑黑的罐子,一看便是汉代绳纹的陶罐,虽非假造,也没有更高价值。我瞥眼见他筐中有一个陶俑,不加任何彩绘,通体素白,六寸大小,造型极其奇异。人头鱼身,人头男相,眯眼闭唇,似在深思;鱼身扁肥,状似手掌,尾处微扭,这一扭可就扭出依漾游动的神气来。《山海经》插图中的"互人",就是人头鱼身,给我印象极深。这陶俑简直和那"互人"完全一样。记得《中国美术全集·隋唐雕塑》中也有一个人头鱼身俑,亦属罕见一种。但那俑通体披釉,典型的唐俑,而这无釉的素俑无疑是汉代之物了。我极力抑制心中冲动,蹲下来端详那几个汉罐时,扭了扭下巴朝那草筐说:"那小孩玩意儿要几个钱?"

老农张口竟是五十元!几乎等于白送。我怕真给五十元,他反而反悔，狠心往下压着说："三十元。"最后四十元成交。我给他一百元钱等他找钱时，心里恨不得把一百元全给他。

玩古董的乐趣，最具刺激性的常常是这种时候。一种与宝物的意外邂逅，与历史有血有肉的碰撞，被美所惊动，人与物的初恋，正是来自遛摊。

然而，世上的事总是因时而变，遛摊亦然。近年太忙，遛摊也少。周末一天，忽有兴致，去古玩市场遛一遛。没想到，自己的运气总是极佳。在街角一个摊上，见到一尊铁佛。尺余，束发，赤足立于覆莲座上，衣纹做"排线"状，带着北魏风格，容颜却无北魏的高古冷峻；面孔短艳，眉清目朗，应是北周特征。北周的佛像我在敦煌和云冈见过，但家居供奉的佛像十分罕见，而且多为石刻或铜质，从未见过铸铁的。我拿出不经意的神气，说："这佛爷怎么锈成这样了？"我还没问价，小贩竟说："锈成这样，不给一万五您也甭想拿走。"我一怔，以为这小贩漫天要价，便说："您知道这佛像是哪朝哪代的吗？开口就把价要到天上去了？"那人笑道："别人不懂，您冯先生还看不出是北周的佛？"这句话把我吓了一跳。他不但对这罕世的佛了如指掌，居然知道我姓甚名谁。我再看他，破衣旧裤，一头长发，像个外来小贩，但面孔却有几分熟悉。更熟悉的是那种神情——一种店里的老板伙计准备"宰"我的笑容。

我一时怎么也想不起这人是谁,但我深知这佛买不成了,否则只有伸出脖子挨他狠狠一刀。

待我转身回去,猛然想起,这不是河东一家古玩店的小老板吗?两年前我去过他的店。怎么?他破了产,沦落为小贩了?可是那也不会连装束也和外地小贩一样了!回去与朋友一说,朋友笑道:

"现在不少店里的人见摊上的东西好卖,就化装成小贩或农民摆摊,你许久不遛摊,不知道外边的世界多精彩。还好,没上当就算不错!"

我才知道,如今卖的东西有假,卖东西的人也有假。如此遛摊,才更费神,更费力,更费眼,也更加意味无穷呢!

姓名拆字

有占卜者,说我姓名中缺一马,倘是四马,则必飞黄腾达,洪福齐天。我说我就是四马在身。我姓冯,二马冯,两匹马;骥字的偏旁是马,又一匹马;我属马,再添一匹。四骏齐奔,追云赶月是也。

占卜者摇头,叹我无知。他说,生肖的马不在姓名之内,先去一马也。冯字的二马虽在姓中,但这二马为一切冯姓者所有,不归我个人独占,若不能凑足四马,这二马也不能算数,又去二马也。唯有名字是我本人的,故仅剩下孤孤一马。但这一马仍有麻烦——骥字的右边是冀字,冀字中间是田字,暗示我此生必是终日耕耘,不论在田间抑或纸上,都要苦其体肤,劳其筋骨。田字上边是北字。好风水都是坐北朝南,我却坐南朝北,一辈子喝西北风,难成大富大贵。田字下边又是共字,这字最糟,俗话说同甘共苦,同者同甘,共者共苦。这意思是,谁靠近我的事,谁便与我共同受苦；不能沾光，不能沾福，只能沾点自田野刮来的西北风。而这一切辛苦与劳作，便全压在左边这匹任重道远的马的身上了。这马不是别人，就是我！

我听得直冒冷汗，争辩道，我名字还有一个字——才字，至少我还有一点"才"呢！我又自鸣得意起来。谁料占卜者听了哈哈大笑，说你这才字的旁边要有个贝字还好，起码不缺钱用。如今金钱通神，你这点"才"算什么？

哎哎，天数至此。争也没用，只好认头。

告别体坛后的感想

人生的每一个转折,必然会牢记不忘。对我来说,告别体坛就是一个大转折。

在那之前,我的全部时间,是和搭伴的队友、教练、热情的观众、球筐和球、运动衣上的号码、严厉的哨声,还有那艰苦的训练后香甜的睡眠在一起。这中间,有我的挚爱、事业、苦乐悲欢、希望与目标。我是被教练认定为"有前途的中锋"选拔到市篮球队里来的。

我却在一次非正式的比赛中摔伤了。

一九六一年十月四日——这情景真像一张拍下的照片留在我脑袋里。教练庄重地对我说:"你的胸骨损伤,不适于大运动量训练了。"教练的表情微微有些紧张。任何运动员离队时大都要经过一阵情绪的波澜。不过,我很快就平静下来。

我原有三个爱好——篮球、绘画和文学。初中期间,我随一位国画家习画，高中一年级曾获得市青少年美术展览的优秀作品奖。即使在球队集训期间，我星期天也要跑回家，穿着球衣球鞋，弯下又长又大的身躯，伏案练笔。当时我的绘画能力，已足以承担国画社仿制古画的工作了。

在我胸骨摔伤后，从医生口中得知，体育不再是我继续拼搏的事业。我失望和苦恼过，但不是一落千丈，我所喜爱的绘画在体坛之外等待着我。一盏灯灭了，我点燃另一盏灯。

脱下球衣，我开始了将近二十年的绘画生涯。二十年中我画了数百幅画，出口到港澳、东南亚和欧美。我却一直没有放弃对篮球的爱好，在"文革"期间还参加一支杂牌军，到处去"打野球"。而我另一种爱好——文学，也依旧紧紧抱在怀里。以后由于生活的变化等原因，我就改换以这种更为有力的方式来表达我强烈的社会责任感了。我得感谢青少年时代体育恩赐给我的强健的体魄，使我在短短几年里写了将近二百万字的文学作品。

我常常关心当年同队队友的现况。他们一个个离开球坛时，都为自己未来的理想苦恼和茫然过一阵子，有的至今没有一个确定的奔及目标。有位队友来找我聊天，口气里透出几分自卑。我真不愿意听到他这种自卑。运动员的甘苦我深深懂得。我想埋怨他当年没有第二种业余爱好和特长，忽视了文化素养而把生活看得过于偏狭。但话到唇边却留在口中，因为我说出来也于事无补，只能加深他们的自悔。干嘛要在人家追悔莫及的事情上再加一个石子儿呢？

一个人从事了体育，就注定他将来还要更换一项职业。一个人的运动生命是短暂的。竞技和竞赛，只能在精饱力足的青春时代。体育又像接力棒，只紧紧攥在正在全力飞奔的竞争者的手中。从事体育的人，当然要在这黄金般短暂的时机上，倾心竭力去创造成绩和功勋。同时也要注意发展自己多方面的才智，才不会在年长力衰、失去随心所欲的体质时，或因意外变故而中途易辙时，茫然无措。

一个人的爱好，往往成为他毕生为之奋斗的事业。兴趣使他将这工作做得兴致勃勃。一个人多一种爱好，就像多会一种语言（喜欢外语也是爱好），总会有用。怕就怕一无所长，又不能安心于普普通通、无特长的工作。那么就难免把工作作为一种负担，勉强去做。勉强可是一种摆脱不掉的苦恼。

如果你没有什么特别的爱好，我劝你不妨多读点书，它会使你增长才干，还会使你的心境、胸怀、思想、知识都得到开阔。运动是力和智的统一。思维敏捷与思路灵活相关，运动反应不单是身体反应。文学、音乐、知识、各种艺术还在道德、气质、风度、修养各方面给你以影响。改变你的谈吐，增添你的能力，加深你的思考，使你真正认识到世界的丰富和广阔，了解与体育相联系的全部生活，使你热爱它。那么你的精神将充实起来，你就是一个真正有智慧的运动员。无论在运动的黄金时代，还是在将来韶华已逝的岁月，你都不会在生活之路上彷徨。

我早已离开体坛，却经常在体坛之外把目光投向年轻的体育健儿们。愿他们的今天和明天更愉快，更美好。

足球的精神

罗马大战将临，连报纸的体育版也有火药味了，耳聪笔快的记者们到处搜寻珍闻要讯，给这里紧张的气氛升级。由于欧亚大陆时差八个小时，东半球的球迷们都已经幸福地准备好"连轴转"，更幸福的则是球迷中间的失眠者们，有人预言安眠药将是最近医药市场的滞销品。上亿中国人在即将到来的一个月里，要过上一种真正的、独特的、光彩夺目的夜生活。不管中国足球队进没进世界杯，所有中国球迷全进入世界杯了。

我们那些饮恨狮城的小伙子们，此刻已经被淡却一旁。在全球性的兴奋中，那种自我遗憾变得愈来愈轻微。谁去体会他们加入球迷行列中观看世界杯的滋味？他们是否醒悟到：那种把一场球的功败和国家的全部荣辱等同起来，因而发怒发狂，只是一种理想的凭借，一种膨胀的情绪，一种大大夸张了的压力？冷静下来，足球不过是足球。可是，一进入世界杯大赛，为什么人们对足球的感觉似乎比地球还大？这魔球的魅力还得从它身上去寻找。

我们可以从足球的历史、运动特征和观赏方式找到答案，但它真正的魅力还在于它的精神。

对于足球，勇敢奋取是它的精髓，胆怯懦弱是对它的背叛；不屈不挠是它的天性，保守畏难为它所摒弃。足球永远只在强者的脚下出现奇迹。足球运动是最无情的事业，谁也无法指望谅解与安慰能在绿茵场存在下去。

它崇尚整体，无间而巧妙的配合是它一幅幅令人难忘的成功杰作；它也钦仰个人英雄，当今世界超级球星的知名度不亚于各国总统。没有英雄的球队就像没有英雄的历史一样黯然无光。

风云变幻的球场上，每一分钟都有机会出现，机会是幸运之神忽然来临，而最好的机会都是人自己创造的。创造来源于主动，主动是生命的力量。当球场上洋溢着这种情绪时，人们不是分外受到鼓舞和激发吗？球迷们不只靠比分评价一支球队，还有一个更公允的标准，便是用主动性来衡量。

足球给人的到底是什么？

球赛不仅是经验、技能、技巧和实力的较量，更是勇气、智慧、意志、机变、韧性、信心、涵养、进取心和承受力的较量。它是对人格力量的考验。因此大赛中，弱队胜强队的大爆冷门才给人最大的满足。球迷们从球场上得到的不仅是出神入化的观赏享受，更是它表现出的精神力量的感染和启示。足球的魅力，说到根儿，是人类精神追求的魅力。

当今二十四强就要结集罗马，个个精饱神足，有的故意深沉，有的口出狂言，但毕竟谁是七月罗马的骄子无从得知，无论占卜、电脑还是昔日球王也都无法预卜先知。比赛向例只有一个冠军，但赢得人心的球队与球员却有许多，那就看谁用足球的精神打动球迷们的心了。

1990 年 6 月

房子的故事

人生的轨迹只有回过头来才能看到。这条弯弯曲曲的轨迹上一定有一些拐点,或大或小,或明或暗。拐点改变你的人生。这些拐点有的是社会强加给你的,不可抗拒;有的是你自我改变的,由此你成功地完成了自己的愿望。拐点之后,或是方向变了,或是其中的内容与故事全然不同;你的人生一定变换了一片风景。

我人生两个重要的拐点都出现在一九八四年。它们全是经过自己的努力出现的,一个在生活上,一个在文学创作中。

到了一九八三年,我在长沙路思治里阁楼上的生活已陷入困境,不单夏日里酷暑煎熬,无法写作;随着作品的影响愈来愈大,招来的各种人和事愈来愈多,每天从早到晚小屋里各种各样的人来来往往,很难安静下来。这期间,我已经在市文联和作协担任副主席,这种职务虽是虚职,不坐班,但碰到单位有事就跑到家中来找;再有就是新老朋友、各地的记者和约稿的编辑以及登门造访的读者。那时既没有电话联系，有事也没有先约定的习惯，想来就来，门外一招呼："是我。"或者："是冯骥才的家吗？"推门就进。最尴尬是吃饭的时候，既不能把人挡出门外，又不能停下来不吃，只好边吃边应酬，有时觉得像表演吃饭，很难受。

再有，我那时的书桌也是饭桌，吃饭时要先挪开桌上的书稿信件。客人来时，儿子就要躲到阳台上做作业。这种状况愈演愈烈，只能一次次找单位和上级领导。在计划经济时代，衣食住行全靠政府，爹亲娘亲不如领导亲。幸好，当时已有"给知识分子落实政策"一说。这时，市委已经有个说法，要为我和蒋子龙解决住房的困难，正好我住的思治里的房屋属于一个被抄户的"查抄产"，也要平反落实政策，那就得分给我们房子，我们搬走，好给人家落实房屋政策；再说我们也是十多年前被"扫地出门"的被抄户，也应落实政策，这样从理论上说我们手里就有了两处房子的资源，但相关的房管和落实政策部门的办事人故意刁难我，他们不是不想给我房子，而是想从我手里得到好处。

天津是个市井和商业的城市，从来不买文化人的账，办事讲实惠，凡事有油水就行。这一来，我就必须与房管站、房管局、落实查抄物资办公室、街委会，还有文联和宣传部多个部门同时打交道，解决住房的问题。落实政策的事很复杂，要应对很多环节和程序，在每个环节和程序上必须这些部门都同意，才算通过。

于是，事情像蚂蚁那样一点点往前爬，往往一个小环节出点麻烦就停住了，这几个部门就推来推去，急得我骑着破自行车跑这跑那。你送书给他们，根本不看，也没兴趣，不如给一包香烟管用。在那个没有市场的年代，一切资源都被权力掌握着，要从他们那里得到"好处"真比从"猴手里抠枣儿"还难。

　　后来，我找到市政府，据说只要一位姓毛的顾问说句话就顶用。可是要想见这位市政府领导极不容易，我听说毛顾问住在睦南道一座西式的花园洋房里。我找到毛顾问那座房子，高墙深院，花木掩映，宛如仙居。我不能冒失去敲他家门，便设法打听他每天的行踪，终于获知他天天中午都会回家吃饭和午睡，便赶在一个中午，提前骑车到睦南道，藏身在他家旁边一条胡同里，待他回来一下汽车，赶紧从胡同里跑出来迎上去自我介绍。没想到毛顾问人不错，头发花白，慈眉善目，待我很和气，将我让进他家。他的客厅很大，陈设却很怪异。一边摆了三个沙发，中间一张小桌上放着几个杯子和一个白瓷烟缸，地上只有一个痰盂与一把印花的铁皮暖壶，再没别的东西。客厅的另一边中间孤零零放一个木制的单人床。这种房屋电灯的开关原本在进门左边的墙壁上，毛顾问的床摆在房屋中央，夜里睡在床上开关灯不便，就在屋顶的吊灯上装一个拉绳开关，垂下一根挺长的绳子，下端系在床架上，开灯关灯只要一拉绳子就行了。那时领导的生活确实挺清廉。

我透过窗子看到外边是个挺大的花园,绿荫重重。我对他说:"顾问,你这院子真挺美。"

毛顾问弯目一笑说:"我不叫它闲着,都叫我用了。"

我再看,院子已改成了菜地,萝卜和小白菜种了一排排。

毛顾问很痛快,他说我的住房市里已有决定,把落实知识分子政策和查抄房产一并解决,分给我一偏一独两个单元,就在胜利路新建的一幢高层建筑中。他随即说他会叫市房管局尽快给我解决,我直接去市房管局房产处办理手续就行了。

我千恩万谢后走了出来,回家就把妻子儿子抱起来,说咱家要搬进皇宫了。可是依我的人生经验,好事绝不会一帆风顺和轻而易举地到来。此后我每次到房管局询问,得到的回答都是"没听说有这事"。我托人向市政府毛顾问那里问,消息却是反过来的,都是"已经告诉他们好几次了"。房管局这位科长姓杨,细皮精瘦,肉少骨多,目光亮闪闪,精明外露。他是不是想要些好处?想到这里,我心里憋着气,心想反正市里已经批准了,我偏不给你好处,看你怎么办。我一犯犟,事情又拖了半个多月。

后来,我想出一个高招,先打听到毛顾问办公室的电话,然后去找房管局的杨科长,又问我住房的事,他还是说不知道,我便抓起他桌上的电话打给毛顾问,这一打通了,我就对毛顾问说我在房管局,他们说不知道,跟着我就说:"杨科长要向您汇报情况。"突然把电话塞给杨科长。

杨科长措手不及,又不敢不接领导的电话,在电话里他肯定遭到毛顾问的训斥,低声下气地对着话筒连连说:"我们马上办,马上办,您放心。"就这样,我知道——我胜利了。

紧接着我赶去北京开两会。一天中午饭后,黄苗子和丁聪二老约我到他们房间里画画,吴祖光先生也在一起。那纯粹是会议期间忙里偷闲的"文人雅聚",我们正在写写画画、说说笑笑间,忽然张贤亮穿着拖鞋跑来,说我妻子来电话了,叫我快去接。我跑回房间拿起话筒,就听妻子同昭兴奋得说话的声音都变了。她说咱们的房子分下来了,一大一小两个单元,她已经从房管局拿到钥匙了。我高兴得真想蹿起来翻个跟斗,马上跑到黄苗子房间,把这惊天的喜讯告诉三老,话一说竟然情不自禁地掉下泪来。当即,丁聪为我画了一幅漫画像,这张像真有当时喜极而泣的模样。吴祖光随即题了"苦尽甘来"四个字,只有那时候的知识分子深知"苦尽甘来"是什么滋味。苗子先生笑嘻嘻在画上写了四句打油诗:

人生何处不相逢,
大会年年见大冯,
恰巧钥匙拿到手,
从今不住鸽子笼。

如今三老都已辞世。他们可爱又真诚以及当时欢快的气息都留在这幅画中，也清晰地记在我的心里。

政协闭幕的第二天，我和妻子同昭就拿着钥匙兴冲冲去到了新居——云峰楼高层。这是开放以来我的城市最早盖起来的一座高层楼房，毗邻市中心最主要的大街——胜利路上，高达十五层，这已经是当时顶级的高层了。楼内有两部电梯，外墙装饰着精致的黄色马赛克瓷砖，单元的格局很新颖，据说图纸来自捷克。这在那个时代简直是一座梦之楼。我的住房是对门的两个单元，中间隔着一条走廊，每个单元都有单独的卫生间和一个小小的浅绿色塑料澡盆。由于我们位居第八层，周围没有更高的楼，视野广阔，阳光无碍，站在屋里，外面的街道、车辆、行人——连整个城市好像都在脚下，屋里一片通明。听说这座楼采用了先进的船形地基，轻体墙壁，八级地震也奈何不得，再也不会遇到一九七六年那样的灾难了。我当时便有一种异常奇妙的感觉——从此我们的生活要转弯了，前头的风景一定美好。

转天我们就带着清扫工具到新居打扫房屋，扫净水泥地，擦亮玻璃窗，用清水冲洗过的水泥地面的气味，混同着我们欣喜的感觉，现在想起来还能感到。当时没有做任何装修，甚至墙壁都没粉刷就搬进去了。好像怕迟了房子又被收回去似的，那种心理只有经过这些事的人才会有。

然而，我从旧居搬到新居时，几乎没有一件像样的家具。当年我们是在抄家后一无所有时结婚的，一九七六年又经过一次倾家荡产的大地震，家中很难再有完整的家具。我在《无路可逃》中说过，我的家经过两次从零开始，一切物品全是两次"出土"。所以在我搬进新居时，开电梯的姑娘小张说："冯老师往楼上搬了七电梯东西了，怎么除去乱七八糟破桌子破椅子、锅碗瓢盆，其余全都是书？"

在最后离开思治里时，我把在这个生活了长达十六年、大地震时几乎要了我的命的住所里里外外仔细地看了一遍，为了更好地记住，然后关门下楼。待下到了二楼，我忽然想到什么，又返回三楼，站在楼梯上敲了敲侧面的墙壁。我知道那里边还有一些我秘密写作时藏匿的手稿，我已经无法而且永远无法把它们取出来了，时间太久了，我甚至忘了这些手稿上边写了些什么。我暗暗隔着墙壁对着里边的残稿说：

"你永远留在这里吧。你是我的历史。"

于是，我生命历史的一个长长的阶段才算画上句号。

此时此地是我的一个拐点，我从这里拐向另一样的天地。

我的书法生活

　　我有两间工作室。一间书房,一间画室,屋门对开。写作间偶有妙想,或是佳句,旋即出书房,入画室,展白宣,运长锋,一挥而就,书法生矣!

　　笔墨是我的心灵器具。我不为书法而写,只为心灵而书。我的书法亦我的写作。还有一半是对笔墨美的崇尚。

　　故而,我从不临帖,但我读帖。我把古人当作崇高的朋友。我在与他们的神交之中,细品他们的品格、气质与精神。我不会照猫画虎地去"克隆"他们的一招一式。我以被人看出我师从何处为羞,我的书法只听命于我的精神情感。

　　倘有朋友约我书法,我不会提笔就写,立等就取。心无美文,情无所至,不会动笔。故而只是记住此事,慢慢等待内心的潮汐。倘若潮水忽来,笔墨随之卷之,则必有一副得意的书法赠予友人。

　　我把书法作为一己的心灵生活。故而,不喜欢别人的逼迫与勉强，不喜欢书写那种无关痛痒的名人留言，更不喜欢当众挥毫表演，那似有江湖卖艺的感觉。

我不会天天不停地写，甚至一连写上三幅就会感到厌倦。我喜欢与书法的关系是一种不期而遇的邂逅。那一瞬，我们彼此都会惊奇，充满新鲜与兴奋。笔与墨，一边让我熟悉，一边给我意外。只有此时，我才感到笔墨也是有生命的。笔墨的性格是一半顺从，一半逆反；一半清醒，一半烂醉。我们的艺术创造，不是一半来自笔墨的自我发挥吗？

甲子之年，我写了一首诗，实际上是写了我的艺术观：

笔墨伴我一甲子，谁言劳心又劳神；
墨自含情也含爱，笔乃有骨亦有魂；
如烟岁月笔下挽，似水时光墨中存；
我书我画我文章，笔墨处处皆我人。

此诗写过，欲言尽之。

为母亲办一场画展

一九九〇年春天，把绘画重新纳入我的世界中来。我有了迥异于他人的独自的绘画。一度，我惊喜，甚至沉迷于自己的绘画中。

于是，我希望更多的人能够看到我的画，让别人认识我。画家和作家不同。作家只要出书就可以了，画家要难得多，一要出画集，二要办画展。只有办画展，人们才能看到原作，看画是必须看原作的。原作上的"生命感"在印刷品上是看不出来的。

一九九〇年我出版了自己第一本厚厚的《冯骥才画集》。我从画集获得的社会反响中得到鼓励，开始筹备一个为期两年雄心勃勃的全国巡展计划。每年三个城市。第一年由我所在的城市天津始发，然后是山东济南和上海。第二年是浙江宁波和四川重庆，最后结束于北京的中国美术馆。这就需要我和我的团队背着上百件轴画，东西南北跋山涉水跑上两年。这样一个宏大的计划还真需要靠着一种胆量和信心，因为当时没几个人知道我是画画出身，我很怕自己的绘画在外边遭到冷遇。

在制定这个计划时，我还夹裹着另一个很深切的意图，只有自己非常明确，就是为了母亲。

一九八九年是我黑色的一年，十月父亲病逝，母亲痛楚难熬。我想了各种办法，比如给母亲的房舍重新装修，想以此改变母亲习惯了的环境，阻断她对往事的联想，但不管怎么做，还是无法化解母亲的痛苦。一九九〇年春天，我的画册出版不久，我在天津艺术博物馆举办个人画展，这也是我生平第一次个人画展。展出的八十幅作品，全部是新作。不少国内外各界朋友赶来祝贺，我邀母亲参加开幕式。

在那热烘烘的场面上，母亲脸上露出久违的笑容，这使我心里更暗暗决定，全国巡展中要刻意在两个城市为母亲安排"特别节目"。这两个城市，一个是在母亲的故乡山东。母亲生在济宁，青少年时在济南生活过一段时间，一九三六年随父母移居到天津，再也没有回去过。一是父亲的故乡宁波。父亲童年时便随爷爷来到天津，此后再也没有回过老家。母亲与父亲是在天津相识而后结婚成家的，她更是不曾踏上过父亲的出生之地。

如果母亲去到这两个地方，便如同回到遥远的过去，一定会与眼前愁结的现实拉开距离，打乱时空的记忆、新鲜的感受就会冲散心中的郁结。

在天津画展后，秋高气爽的九月里画展就移师到济南的山东美术馆，在宾客蜂拥的开幕式之后，我便陪着母亲去看她半个世纪前生活过的魏公庄，重游大明湖，接着南下到达泰安。登岱之时，母亲已进入"时光隧道"，嘴里念叨的全是记忆中幼年时随外祖父和他的好友康有为登岱的种种情景；然后去曲阜，孟县，梁山，最后抵达济宁。幸好那时大规模城市改造尚未开始，济宁城中许多古老的风物还能找到。太白楼、铁塔寺、东大寺、竹竿巷、老运河，乃至玉堂酱园和母亲幼时最爱吃的一家点心店北兰芳斋等还都是她记忆的模样。在城中东跑西跑时母亲不觉已表现出此地主人的样子。各种老地名、故人往事、风味小吃都叫她愉快地想起来了。

外祖父是清末一员军中少将，曾在济宁城中有很大一个宅院，虽然老宅不存，院后那条老街——邵家街依然还在。母亲到那里，居然访到一位街坊，是一位八十岁的老人，老人竟称母亲"二小姐"，相谈往事时，两人泪水双流……

看来我这个刻意的安排实现了预期的效果，母亲返津后已经像换一个人一样。

艺术巡展本身的目的也得到实现。

尽管每到一处画展上，观众都表现得分外热情，我内心却保持一分冷静。我明白，这热情和效应主要来自文学。观众大部分是我的文学读者。我留心他们对我的画感受如何，也更想听到来自美术界的看法。故而所到之处，都要与当地的美术界座谈交流。我从人们对我绘画的种种理解中寻找自己的立足点，我应该砍掉哪些"非我"的东西？现代文人画是不是我的道路？我喜欢现代文人画这个概念。因为当代中国画所缺少的正是中国画本质中一个重要的东西——文学性。我要区别于时下职业化的中国画，同时也要区别于古代的文人画，还要区别于当时画坛流行的形式主义的"新文人画"。我必须把自己的绘画建立在自己的文学感受与气质上，还要逐渐建立自己的艺术思想和理论支撑。

直到数年后，我凭着这些思考才写了一本一己的绘画理论《文人画宣言》——这是后话了。

我不知不觉地往绘画里愈钻愈深。

一九九一年我的"写作登记表"上居然只记录着一篇文学作品，还是一篇很短的散文。我会不会要弃文从画，重返丹青？

现在看来，我从文学转向文化遗产保护，先经过了绘画。我是从激情的文学征程，转而走上一道彩色的丹青桥，然后掉进巨大的文化遗产保护的漩涡里。这个过程看似传奇，却非偶然，而是一种时代所迫和命定的必然。这个转变到了一九九一年底就变得一点点清晰起来。

感　觉

　　黄昏时听音乐是种特殊享受。那当儿，暮色浓深，屋里的一切都迷蒙模糊，没有什么具体清晰的形象映入眼帘，搅乱头脑；心灵才能让听觉牵着，梦游一般地飘入音乐的境界中去。哎，你是不是也有此同感？

　　我这感觉既强烈又奇妙，以致我怀疑自己有点神经质。记得那次是个黄昏，大概听舒曼的《梦幻曲》吧！家里只我自己，静静的空间灌满了那深沉而醉心的琴音。屋子的四角都黑了，窗前的东西变成一堆分辨不清的影子，只有窗玻璃上还依稀映着一点淡淡的橘色的夕照。

　　我的心像被这音乐洗过一样圣洁。不知是心沉浸在琴音里，还是琴音充溢我的心里，一股潜流似的婉转回旋。于是我被感动起来，随之而来，便是这种动心的感觉渐渐加强，心里的潜流形成一个疾转的漩涡，到了感动的潮头卷起，我忽然不能自已。好像有根无形的搅棒,把沉淀心底的乱七八糟的全都翻腾起来。说不出是什么难忘的事或感受过的情绪,也说不出是什么滋味,甜蜜?忧伤?思念?委屈?已经落空的企盼?留不住的甜美?一下子,大滴大滴的泪珠子竟然自个儿夺眶而出,滚过脸颊,啪啪掉在地上。我倚着门框,仰起头,衣襟很快就湿了一片。我完全不能自制,也不想自制,因为这绝不是一种痛苦,而是一种异样的、令人战栗的幸福的感觉。平日里,偶然给什么意外的事物的触发,也会生出这样一种感觉,却总是一掠而过,从来没有凝聚起来,这样有力地撞击我的心扉。

然而我不明白,这感觉是怎样来的,是那琴音招引来的?到底是哪个旋律、哪个和声打动的我?为什么以前听这支曲子从无这般感受?更奇怪的是,以后,多少次,黄昏时,我设法支开家里的人,依旧在这光线晦暗、阴影重重的安寂的小屋里,独自倚门倾听这支曲子,但再也不曾出现那种忍俊不禁、苦乐交加的感觉了。琴音像一阵微弱的风,难得再在我心中吹起浪头。怎么回事?

感觉是找不到的,只有它来找你。

两年后,我早已忘掉寻觅这感觉的念头,却意外碰到了它。

那是个深秋时节,刚刚下过一场蒙蒙小雨,天色将暮,人在户外,脸颊和双手都感到微微凉意。我才办完一件事回家,走在一条沿河的小道上。小河在左边,蜿蜒又清亮,缓斜的泥坡三三五五坐着一些垂柳；右边是一面石砌的高墙，不知当年是哪家豪门显贵的宅院。这石墙很长，向前延长很远。院内一些老杨树把它巨大的伞状的树冠伸出墙来。树上的叶子正在脱落，地上积了厚厚一层，枝上挂的不多。虽然无风，不时有一片巴掌大的褐色叶子，自个儿脱开枝干，从半空中打着各式各样的旋儿忽悠悠落下来，落在地上的叶子中间，立时混在一起，分不出来，大树也就立刻显得轻松一些似的。我踏着这落叶走，忽然发现一片叶子，异常显眼，它比一般叶子稍小，崭新油亮，分明是一片新叶。可惜它生不逢时，没有长足、胀满它每一个生命的细胞，散尽它的汗液与幽香，就早早随同老叶一同飘落。可是，大自然已经不可逆地到了落叶时节，谁又管它这一片无足轻重的叶子呢！我看见，这涂了一层蜡似的翠绿的叶面上汪着几滴晶亮的水珠，兴许是刚才的雨滴，却正像它无以言传的伤心的泪。它多么热爱这树上的生活——风里的喧哗，雨里的喧闹，阳光里闪动的光华，它多么切望在这树上多多流连一刻。生活，尽管给生命许许多多折磨、苦涩、烦恼、欺骗和不幸，谁愿意丢弃它？甚至依旧甘心把一切奉献给它。生活，你拿什么偿还一切生命对你的奉献？永远是希望么？

我怜惜地拾起这片绿叶，抬眼一望，蓦然发现高高的、被雨淋湿而发暗的墙头上，趴着一只雪白的猫，正呆呆瞧着我；杨树深处，有两扇玻璃窗反映着雨后如洗的蓝天，好像躲在暗处的一双美丽的眼睛……突然，就是这突然的一下，我被莫名地感动起来。那次听音乐时所产生的异样的感觉，又一次涌入我的心中，在我心里翻江倒海地搅动起来，视线又一次被止不住的大股热泪遮挡住了。我站在满地褐黄斑驳的落叶中间，贪婪地享受这又甜又苦的情感，并任使这情感尽情发泄和延长，多留它一些时候。谁知它只是这一小阵子，转眼竟然雾一般渐渐消散。好似一下子都拥聚与凝结起来的事物，又一下子分散开来，抓都抓不着。咦，这是怎么回事？

我手里拈着这片闪光而早落的叶子，痴痴地站着。

空 信 箱

  我的信箱挂在大门上,门板掏个长形的洞,信打外边塞进来,只要听邮递员"叮叮"一拨车铃,马上跑去打开,一封信悄然沉静地立在箱子里。天蓝色的信封像一块天空,牛皮纸褐色的信封像一片泥板,沉甸甸。扯开信时的心情总是急渴渴,不知里边装着是意外是倾诉是愁苦是体贴是欢愉是求助,或是火一样的恋情烟一样的思绪带子一样扯不断的思念。天南地北海角天涯朋友们的行踪消息全靠它了。

  有时等信等得好苦,一天几次去打开它,总以为错过邮递员的铃,打开却是空的。我最怕它空空洞洞冷冷清清的样子。我的院墙高,门也高,阳光跨不进来。外边世界的兴衰枯荣常常由它告诉我;打开信箱,里边有时几团柳絮几片落花几个干卷的叶子。还有洁白的雪深暗的雨点。它们是从投信孔钻进来的。有时随着开门的气流,几朵蒲公英的种子"噗"地毛茸茸地扑在脸上,然后飘飘摇摇飞升,在高高的阳光里闪着,有如银羽。目光便随它投向淡淡的天,亮亮的云。春天也到达我塞外朋友那里了吧,我陷入一片温馨的痴想……

它是拿几块木板草草钉上的,没涂漆,日晒雨淋,到处开裂,但没有任何箱子比它盛得更多。

它是我生活的一部分,也就是我心的一部分。

用心生活是累人的,但唯此才幸福。

大灾难把我这部分扯去。信箱的门儿叫一个无知的孩子掰掉。箱子的四边像个方木框残留那里。一连几个月等不到邮递员铃声的召唤,朋友们的命运都会碰到什么?

我这才懂得,心不相连人极远。

它空在那儿,似乎比我还空。

可是……奇迹出现了。一天天暮,夕阳打投信孔照进来。我院子头一次有阳光。先是在长条形洞孔迷蒙灿烂地流连一会儿,便落到墙角,向着最暗最潮最阴冷的地方,把满地青苔照得鲜碧如洗。俯下身看,好像一片清晰雨后的草原,极美。随后这光就沿着墙根一条砖一条砖往上爬,直爬到第五条砖,停住,几只蚂蚁也停在那里默默享受这世界最后的暖意和光明。不知不觉这光变得渐细渐淡直到无声无息地熄灭。整个信箱变成一块方形的黑影。盯着它看,就会一直走进空无一物的宇宙。

蜘蛛开始在信箱里拉网了,上下左右,横来斜去,它们何以这样放胆在这儿安家?天一凉,秋叶钻进来,落在蛛网上。金色的船,银色的渔网,一层网一层船。原来寂寞也会创造诗。诗人从来不会创造寂寞。

忽然一天,"叮叮",我心一亮,邮递员,信!

跑出去,远远就见一封信稳稳竖在箱中。过去一捏,厚厚的,千言万语,一个几次梦到的朋友寄来的。一拿,却有股微微的力往回扯,是黏黏带点韧劲儿的蛛丝。再拉,蛛丝没断却拉得又长又直,极亮,还微微抖颤,上边船形的黄叶子全在一斜一直、一直一斜来回扭动,一如五线谱上甜蜜的旋律,无声地响起来……

昨夜我忽然梦到这许久以前的情景,一条条长长的亮闪闪的蛛丝,来回扭动的黄叶子。我梦得好逼真,连拉蛛丝时那股子韧劲儿都感觉到了。心里有点奇怪,可我断言这是我有生以来最美的一个梦境。

我与《清明上河图》的故事

冥冥中我感觉《清明上河图》和我有一种缘分。这大约来自初识它时给我的震撼。一个画家敢于把一个城市画下来,我想古今中外唯有这位宋人张择端。而且它无比精确和传神,庞博和深厚。他连街头上发情的驴、打盹的人和犄角旮旯的茅厕也全都收入画中!当时我二十岁出头,气盛胆大,不知天高地厚,居然发誓要把它临摹下来。

临摹是学习中国画笔墨技术的一种传统。我的一位老师惠孝同先生是湖社的画师,也是位书画的大藏家,私藏中不少国宝,他住在北京王府井的大甜水井胡同。我上中学时逢到假期就跑到他家临摹古画。惠老师待我情同慈父,像郭熙的《寒林图》和王诜的《渔村小雪图》这些绝世珍品,都肯拿出来,叫我临摹真迹。临摹原作与印刷品是决然不同的,原作带着画家的生命气息,印刷品却平面呆板,徒具其形,此中的道理暂且不说。然而,临摹《清明上河图》

是无法面对原作的,这幅画藏在故宫,只能一次次坐火车到北京故宫博物院的绘画馆去看,常常一看就是两三天,随即带着读画时新鲜的感受跑回来伏案临摹印刷品。然而故宫博物院也不是总展出这幅画。常常是一趟趟白跑腿,乘兴而去,败兴而归。

我初次临摹是失败的。我自以为习画从宋人院体派入手,《清明上河图》上的山石树木和城池楼阁都是我熟悉的画法,但动手临摹才知道画中大量的民居、人物、舟车、店铺、家具、风俗杂物和生活百器的画法,在别人画里不曾见过。它既是写意,也是工笔,洗练又精准,活脱脱活灵活现,这全是张择端独自的笔法。画家的个性愈强,愈难临摹,而且张择端用的笔是秃锋,行笔时还有些"战笔",苍劲生动,又有韵致,仿效起来却十分之难。偏偏在临摹时,我选择从画中最复杂的一段虹桥入手,以为拿下这一环节,便可包揽全卷。谁料这不足两尺的画面上竟拥挤着上百个人物。各人各态,小不及寸,手脚如同米粒,相互交错,彼此遮翳,倘若错位,哪怕差之分毫,也会乱了一片。这一切只有经过临摹,才明白其中无比的高超。于是画过了虹桥这一段,我便搁下笔,一时真有放弃的念头。

我被这幅画打败!

重新燃起临摹《清明上河图》的决心,是在"文革"期间。一是因为那时候除去政治斗争,别无他事,天天有大把的时间。二是我已做好充分准备。先自制一个玻璃台面的小桌,下置台灯。

把用硫酸纸勾描下来的白描全图铺在玻璃上，上边敷绢，电灯一开，画面清晰地照在绢上，这样再对照印刷品临摹就不会错位了。至于秃笔，我琢磨出一个好办法，用火柴吹灭后的余烬烧去锋毫的虚尖，这种人造秃笔画出来的线条，竟然像历时久矣的老笔一样苍劲。同时对《清明上河图》的技法悉心揣摩，直到有了把握，才拉开阵势，再次临摹。从卷尾始，由左向右，一路下来，愈画愈顺，感觉自己的画笔随同张择端穿街入巷，游逛百店，待走出城门，自由自在地徜徉在那些人群中……看来完成这幅巨画的临摹应无问题。可是忽然出了件意外的事。

一天，我的邻居引来一位美籍华人说要看画。据说这位来访者是位作家。我当时还没有从事文学，对作家心怀神秘和景仰，遂将临摹中的《清明上河图》抻开给她看。画幅太长，画面低垂，我正想放在桌上，谁料她突然跪下来看，那种虔诚之态，如面对上帝，使我大吃一惊。像我这样的在计划经济中长大的人，根本不知市场生活的种种作秀。当她说如果她有这样一幅画就会什么也不要时，我被深深打动，以为真的遇到艺术上的知己和知音，当即说我给你画一幅吧。她听了，那表情，好似到了天堂。

艺术的动力常常是被感动。于是我放下手中画了一小半的《清明上河图》，第二天就去买绢和裁绢，用红茶兑上胶矾，一遍遍把绢染黄染旧，再在屋中架起竹竿，系上麻绳，那条五米多长的金黄的长绢，便折来折去晾在我小小房间的半空中。我由于对这幅画临摹得正是得心应手，画起来很流畅，对自己也很满意。天天白日上班，夜里临摹，直至更深夜半。嘴里嚼着馒头咸菜，却把心里的劲儿全给了这幅画。那年我三十二岁，精力充沛，一口气干下去，到了完成那日，便和妻子买了一瓶通化的红葡萄酒庆祝一番，掐指一算居然用了一年零三个月！

此间，那位美籍华人不断来信，说尽好话，尤其那句"恨不得一步就跨到中国来"，叫我依然感动，期待着尽快把画给她。但不久唐山大地震来了，我家被毁，墙倒屋塌，一家人差点被埋在里边。人爬出来后，心里犹然惦着那画。地震后的几天，我钻进废墟寻找衣服和被褥时，冒险将它挖出来。所幸的是我一直把它放在一个细长的装饼干的铁筒里，又搁在书桌抽屉最下一层，故而完好无损。这画随我又一起逃过一劫。这画与我是一般寻常关系吗？

此后，一些朋友看了这幅无比繁复的巨画，劝我不要给那位美籍华人。我执意说："答应人家了，哪能说了不算？"

待到一九七八年，那美籍华人来到中国，从我手中拿过这幅画的一瞬，我真有点舍不得。我觉得她是从我心里拿走的。她大概看出我的感受，说她一定请专业摄影师拍一套照片给我。此后，她来信说这幅画已镶在她家纽约曼哈顿第五大街客厅的墙上，还是请华盛顿一家博物馆制作的镜框呢。信中夹了几张这幅画的照片，却是用傻瓜机拍的，光线很暗，而且也不完整。

一九八五年我赴美参加爱荷华国际笔会，中间抽闲去纽约，去看她，也看我的画。我的画的确堂而皇之被镶在一个巨大又讲究的镜框里，内装暗灯，柔和的光照在画中那神态各异的五百多个人物的身上。每个人物我都熟悉，好似"熟人"。虽是临摹，却觉得像是自己画的。我对她说别忘了给一套照片作纪念。但她说这幅画被固定在镜框内，无法再取下拍照了。属于她的，她全有了；属于我的，一点也没有。那时，中国的画家还不懂得画可以卖钱，无论求画与送画，全凭情意。一时我有被掠夺的感觉，而且被掠得空空荡荡。它毕竟是我年轻生命中整整的一年换来的！

现在我手里还有小半卷未完成的《清明上河图》，在我中断这幅而去画了那幅之后，已经没有力量再继续这幅画了。我天性不喜欢重复，而临摹这幅画又是太浩大、太累人的工程。况且此时我已走上文坛，我心中的血都化为文字了。

写到这里，一定有人说，你很笨，叫人弄走这样一幅大画！

我想说，受骗多半源自一种信任或感动。但是世上最美好的东西不也来自信任和感动吗？你说应该守住它，还是放弃它？

我写过一句话：每受过一次骗，就会感受一次自己身上人性的美好与纯真。

这便是《清明上河图》与我的故事。

夕照透入书房

我常常在黄昏时分,坐在书房里,享受夕照穿窗而入带来的那一种异样的神奇。

此刻,书房已经暗下来。到处堆放的书籍文稿以及艺术品重重叠叠地隐没在阴影里。

暮时的阳光,已经失去了白日里的咄咄逼人;它变得很温和,很红,好像一种橘色的灯光,不管什么东西给它一照,全都分外的美丽。首先是窗台上那盆已经衰败的藤草,此刻像镀了金一样,蓬勃发光;跟着是书桌上的玻璃灯罩,亮闪闪的,仿佛打开了灯;然后,这一大片橙色的夕照带着窗棂和外边的树影,斑斑驳驳投射在东墙那边一排大书架上。阴影的地方书皆晦暗,光照的地方连书脊上的文字也看得异常分明。《傅雷文集》的书名是烫金的,金灿灿放着光芒,好像在骄傲地说:"我可以永存。"

怎样的事物才能真正地永存?阿房宫和华清池都已片瓦不留,

李杜的名句和老庄的格言却一字不误地镌刻在每个华人的心里。世上延绵最久的还是非物质的——思想与精神。能够准确地记忆思想的只有文字。所以说,文字是我们的生命。

当夕阳移到我的桌面上,每件案头物品都变得妙不可言。一尊苏格拉底的小雕像隐在暗中,一束细细的光芒从一丛笔杆的缝隙中穿过,停在他的嘴唇之间,似乎想撬开他的嘴巴,听一听这位古希腊的哲人对如今这个混沌而荒谬的商品世界的醒世之言。但他口含夕阳,紧闭着嘴巴,一声不吭。

昨天的哲人只能解释昨天,今天的答案还得来自今人。这样说来,一声不吭的原来是我们自己。

陈放在桌上的一块四方的镇尺最是离奇。这个镇尺是朋友赠送给我的。它是一块纯净的无色玻璃,一条弯着尾巴的小银鱼被铸在玻璃中央。当阳光彻入,玻璃非但没有反光,反而由于纯度过高而消失了,只有那银光闪闪的小鱼悬在空中,无所依傍。它瞪圆眼睛,似乎也感到了一种匪夷所思。

一只蚂蚁从阴影里爬出来,它走到桌面一块阳光前,迟疑不前,几次刚把脑袋伸进夕阳里,又赶紧缩回来。它究竟畏惧这奇异的光明,还是习惯了黑暗?黑暗总是给人一半恐惧,一半安全。人在黑暗外边感到恐惧,在黑暗里边反倒觉得安全。

夕阳的生命是有限的。它在天边一点点沉落下去,它的光却在我的书房里渐渐升高。短暂的夕照大概知道自己大限在即,它最后抛给人间的光芒最依恋也最夺目。此时,连我的书房的空气也是金红的。定睛细看,空气里浮动的尘埃竟然被它照亮。这些小得肉眼刚刚能看见的颗粒竟被夕阳照得极亮极美,它们在半空中自由、无声和缓缓地游弋着,好像徜徉在宇宙里的星辰。这是唯夕阳才能创造的景象——它能使最平凡的事物变得无比神奇。

在日落前的一瞬,夕阳残照已经挪到我书架最上边的一格。满室皆暗,只有书架上边无限明媚。那里摆着一只河北省白沟的泥公鸡。雪白的身子,彩色翅膀,特大的黑眼睛,威武又神气。这个北方著名的泥玩具之乡,至少有千年的历史,但如今这里已经变为日用小商品的集散地,昔日那些浑朴又迷人的泥狗泥鸡泥人全都了无踪影。可是此刻,这个幸存下来的泥公鸡,不知何故,对着行将熄灭的夕阳张嘴大叫。我的心已经听到它凄厉的哀鸣。这叫声似乎也感动了夕阳。一瞬间,高高站在书架上端的泥公鸡竟被这最后的阳光照耀得夺目和通红,好似燃烧了起来。

灵感忽至

凌晨时分被一种莫名的不安扰醒，这不安可不是什么焦虑与担心，而是有种兴致在暗暗鼓动，缘何有此兴奋我并不知道。随后想到今天是元月元日。这一日像时间的领头羊，带着一大群时光充裕的日子找我来了。

妻子还在睡觉，房间光线不明。我披衣去到书房。平日随手堆满了书房的纸页和图书在迷离的晨色里充满了温暖和诗意。这里是我安顿灵魂的地方。我的巢不是用树枝搭起来而是用写满了字的纸和书码起来的。我从中抽出一页素纸，要为今天写些什么。待拿起笔，坐了良久，心中却一片茫然。一时人像浮在无际无涯的半空中，飘飘忽忽，空空荡荡。我便放下笔，知道此时我虽有情绪，却无灵感。

写作是靠灵感启动的。那么灵感是什么，它在哪里，它怎么到来？不知道。似乎它想来就来，不请自来，但有时求也不来，甚至很久也不露面，好似远在天外，冷漠又悭吝；没有灵感的艺术家心如荒漠，几近呆滞。我起身打开音乐。我从不在没有心灵欲望时还赖在桌前。如果毫无灵感地坐在这里，会渐渐感觉自己江郎才尽，那就太可怕了。

音响里播放出的歌是前几年从俄罗斯带回来的，一位当下正红的女歌手的作品集。俄罗斯最时尚的歌曲的骨子里也还是他们固有的气质，浑厚而忧伤。忧伤的音乐最容易进入心底，撩动起过往的岁月积存在那里的抹不去的情感。很快，我就陷入这种情绪里。这时，忽见画案那边有一块金黄色的光。它很小，静谧，神秘；它是初升的太阳照在对面大楼的玻璃幕墙反射下来，落在画案那边什么地方。此刻书房内的夜色还未褪尽，在灰蒙蒙、晦暗的氤氲里，这块光像一扇远远亮着灯的小窗。

也许受到那忧伤歌声的感染，这块光使我想起四十年间蛰居市廛中那间小屋，还有炒锅里的菜叶、破烂的家什、混合在寒冷的空气中烧煤的气味、妻子无奈的眼神……然而在那冰天雪地时代，唯有家里的灯光才是最温暖的。于是此刻这块小小的光亮变得温情了。我不禁走到画案前铺上宣纸，拿起颤动的笔蘸着黄色和一点点朱红，将这扇明亮的小窗子抹在纸上。随即是那扰着风雪的低矮的小屋。一大片被冷风摇曳着的老槐树在屋顶上空横斜万状，说不清那些苍劲的枝桠是在抗争还是兀自的挣扎。在通幅重重叠叠黑影的对比下,我这亮灯的小屋反倒显得更加温馨与安全。我说过,家是世界上最不必设防的地方。

记得有一年,特大的雪下了一夜,我的矮屋门槛太低,早晨推不开门,门外挡着的积雪足足有两尺厚。我从这小窗户跳出去,用木板推开门外的雪才把门打开。当时我们从家里走出,站在清冽的冻耳朵的空气里,多么像雪后从洞里钻出来的野兔……于是我把没有落墨的纸当作矮屋前大块白雪。我用淡淡的水墨渲染地镀上厚厚而柔软的白雪时,还得记起那时常有的一种盼望——有朋友来串门和敲门。支撑我们走过困境与苦难的不是人间种种情与义吗?我便用笔在雪地上点出一串深深的脚窝渐渐通进我的小屋。这小屋的灯光顿时更亮,黄色的光影还透射到窗外的雪地上。

没想到,就这样一幅画出来了。温情又伤感,孤寂又温馨。画中的一切都是我心底的景象。我写过这样一句话:"人为了看见自己的内心才画画。"而心中的画多半是它们自己冒出来的。这是一种长久的日积月累,等待着有朝一日的升华;就像冬日大地上的万物,等待着春风吹来,一切复活;又如高高一堆干枝干柴,等待着一个飞来的火种。这意外出现的火种就是灵感。

灵感带来突然之间的发现、突破、超越与升腾。它是上天的赐予,是上天对艺术家的心灵之吻。是对一切生命创造的发端与启动。那么我们只有束手等待它吗?当然不是。正如无上的爱总是属于对它苦苦的追求者的，在你找它时，它一定也在找你。当然它不一定在你规定的时间和地点到来。就像我在书房原本是想写点什么，灵感没有来，可是谁料它竟然化作一块灵性的光降临到我的画案上？它没有进入我的钢笔，却钻进我的毛笔。

记得前些年访问挪威时，中国作协请我写一幅字赠送给挪威作家协会。我只写了两个字：笔顺。挪威的作家朋友不明其意。我解释道："这是中国古代文人间相互的祝词。笔顺就是写作思路顺畅，没有障碍的意思。"对方想了想，点点头，似乎还没弄明白我写这两个字的含义。中国的文字和文化真是很深，对外交流时首先要把自己解释明白。我又换了一种说法解释道："就是祝你们写作时常常有灵感。"他听了马上咧开嘴，很高兴地谢谢我，也祝我常有灵感。看来灵感对于全球的艺术家都是"救世主"了。

新年初至，灵感即降临我的书房画室，这于我可是个好兆头。当然我明白，只要我守住自己的信仰与追求及其所爱，灵感会不时来吻一吻我的脑门。

遵从生命

一位记者问我："你怎样分配写作和作画的时间？"

我说，我从来不分配，只听命于生命的需要，或者说遵从生命。他不明白，我告诉他：写作时，我被文字淹没。一切想象中的形象和画面，还有情感乃至最细微的感觉，都必须"翻译"成文字符号，都必须寻觅到最恰如其分的文字代号，文字好比一种代用数码。我的脑袋便成了一本厚厚又沉重的字典。渐渐感到，语言不是一种沟通的工具，而是交流的隔膜与障碍——一旦把脑袋里的想象与心中的感受化为文字，就很难通过这些文字找到最初那种形象的鲜活状态。同时，我还会被自己组织起来的情节、故事、人物的纠葛，牢牢困住，就像陷入坚硬的石阵中。每每这个时期，我就渴望从这些故事和文字的缝隙中钻出去，奔向绘画。

当我扑到画案前，挥毫把一片淋漓光彩的彩墨泼到纸上，它立即呈现出无穷的形象。莽原大漠，疾雨微霜，浓情淡意，幽思苦绪，一下子立见眼前。无须去搜寻文字，刻意描写，借助于比喻，一切全都有声有色、有光有影迅速现于腕底。几根线条，带着或兴奋或哀伤或狂愤的情感；一块水墨，真切切的是期待是缅怀是梦想。那些在文字中只能意会的内涵，在这里却能非常具体地看见。绘画充满偶然性。愈是意外的艺术效果不期而至，绘画过程愈充满快感。从写作角度看，绘画是一种变幻想为现实、变瞬间为永恒的魔术。在绘画天地里，画家像一个法师，笔扫风至，墨放花开，法力无限，其乐无穷。可是，这样画下去，忽然某个时候会感到，那些难以描绘、难以用可视的形象来传达的事物与感受也要来困扰我。但这时只消撇开画笔，用一句话，就能透其精髓，奇妙又准确地表达出来，于是，我又自然而然地返回了写作。

所以我说，我在写作写到最充分时，便想画画；在作画作到最满足时，即渴望写作。好像爬山爬到峰顶时，纵入水潭游戏；在浪中耗尽体力，便仰卧在滩头享受日晒与风吹。在树影里吟诗，到阳光里唱歌，站在空谷中呼喊。这是一种随心所欲、任意反复的选择，一种两极的占有，一种甜蜜的往返与运动。而这一切都任凭生命状态的左右，没有安排、计划与理性的支配，这便是我说的：遵从生命。

这位记者听罢惊奇地说，你的自我感觉似乎不错。

我说，为什么不。艺术家浸在艺术里，如同酒鬼泡在酒里，感觉当然很好。

年　意

　　年意一如春意或秋意，时深时浅时有时无。然而，春意是随同和风、绿色、花气和嗡嗡飞虫而来，秋意是乘载黄叶、凉雨、瑟瑟天气和凋残的风景而至，那么年意呢？

　　年意不像节气那样——宇宙的规律，大自然的变化，都是外加给人的……它很奇妙！比如伏天挥汗时，你去看那张传统而著名的木版年画《大过新年》，画面上风趣地描绘着大年夜阖家欢聚的种种情景，你呢？最多只为这民俗的意蕴和稚拙的版味所吸引，并不被打动。

　　在腊月里，你再去瞅这花花绿绿的画儿，感觉竟然全变了。它变得亲切、鲜活、热烈、火爆，一下子撩起你过年的兴致。它分明给了你以年意的感染。但它的年意又是哪来的呢？倘若含在画中，为何夏日里你却从中丝毫感受不到？

　　年年一喝那杂米杂豆熬成的又黏又甜味道独特的腊八粥，便朦胧看到了年，好似彼岸那样在前面一边诱惑一边等待了。

时光通过腊月这条河，一点点驶向年底。年意仿佛大地寒冬的雪意，一天天簇密和深浓。

你想一想，这年意究竟是怎样不声不响却日日加深的？谁知？是从交谈中越来越多说到"年"这个字，是开始盘算如何购置新衣、装点房舍、筹办年货……还是你在年货市场挤来挤去时，受到了人们要把年过好那股子高涨的生活热情的传染？

年货，无论是吃的、玩的、看的、使的，全都火红碧绿艳紫鲜黄，亮亮堂堂，生活好像一下子点满灯。那些年年此时都要出现的图案，一准全冒出来——松菊、蝙蝠、鹤鹿、老钱、宝马、肥猪、刘海、八仙、喜鹊、聚宝盆，谁都知道它们暗示着富贵、长寿、平安、吉利、好运与兴旺……它们把你围起来，掀动你的热望，鼓舞你的欲求，叫你不知不觉把心中的祈望也寄托其中了。

祖祖辈辈不管今年的希望明年是否落空，不管老天爷的许诺是否兑现，他们照样活得这样认真、虔诚、执着与热情。唯有希望才使生活充满魅力……

当窗玻璃外冷冽的风撩动红纸吊钱敲打着窗户，或是性急的小孩子提前零落地点响爆竹，或是邻人炖肉煮鸡的芬芳窜入你的鼻孔，大年将临，甚至有种逼迫感。如果此时你还欠缺几样年货未有齐备，少四头水仙或二斤大红苹果，不免会心急不安，跑到街上转来转去，无论如何也要把这必备的年货买齐。

圆满过年，来年圆满。年意原来竟如此深厚、如此强劲！

如果此时你身在异地，急切回家，那一列列火车被返乡度年的人满满实实挤得变了形，你生怕误车而错过大年夜的团圆，也许会不顾挨骂、撅着屁股硬爬进车窗。年意还是一种着魔发疯的情绪！

不管一年里你有多少失落与遗憾，自怨自艾，但在大年三十晚上坐在摆满年饭的桌旁，必须笑容满面。脸上无忧，来年无愁。你极力说着吉祥话和吉利话，极力让家人笑，家人也极力让你笑；你还不自觉地让心中美好的愿望膨胀起来，热乎乎填满你的心怀。

哎，这时你是否感觉到，年意其实不在任何其他地方，它原本就在你的心里，也在所有人的心里。年意不过是一种生活的情感、期望和生机。

而年呢？就像一盏红红的灯笼，一年一度把它迷人地照亮。

除夕情怀

　　除夕是一年最后一天，最后一个夜晚，是一岁中剩余的一点短暂的时光。时光是留不住的，不管我们怎么珍惜它，它还是一天天在我们的身边烟消云散。古人不是说过"黄金易得，韶光难留"吗？所以在这一年最后的夜晚，要用"守岁"——也就是不睡觉，眼巴巴守着它，来对上天恩赐的岁月时光以及眼前这段珍贵的生命时间表示深切的留恋。

　　除夕是中国人最具生命情感的日子。所以此时此刻一定要和自己有着血缘关系的亲人团聚一起。首先是生养自己的父母。陪伴老人过年，有如依偎着自己生命的根与源头，再有便是和同一血缘的一家人枝叶相拥，温习往昔，尽享亲情。记得有人说："过年不就是一顿鸡鸭鱼肉的年夜饭吗？现在天天鸡鸭鱼肉，年还用过吗？"其实过年并不是为了那一顿美餐，而是团圆。只不过先前中国人太穷，便把平时稀罕的美食当作一种幸福，加入这个人间难得的团聚中。现在鸡鸭鱼肉司空见惯了,团圆却依然是人们的愿望年的主题。腊月里到火车站或机场去看看声势浩大的春运吧。世界上哪个国家会有一亿人同时返乡,都要在除夕那天赶到家去?他们到底为了吃年夜饭还是为了团圆?

此刻,我想起关于年夜饭的一段往事——

一年除夕,家里筹备年夜饭,妻子忽说:"哎哟,还没有酒呢。"我说:"我忙得都是什么呀,怎么把最要紧的东西忘了!"

酒是餐桌上的仙液。这一年一度的人间的盛宴哪能没有酒的助兴、没有醉意?我忙披上棉衣,围上围巾,蹬上自行车去买酒。家里人平时都不喝酒,一瓶葡萄酒——哪怕是果酒也行。

车行街上,天完全黑了,街两旁高高低低的窗子都亮着灯。一些人家开始年夜饭了,性急的孩子已经噼噼啪啪点响鞭炮。但是商店全上了门板,无处买到酒,我却不死心,无论如何也不能让这顿年夜饭没有酒。车子一路骑下去,一直骑到百货大楼后边那条小街上,忽见道边一扇小窗亮着灯,里边花花绿绿,分明是个家庭式的小杂货铺。我忙跳下车,过去扒窗一瞧,里边的小货架上天赐一般摆着几瓶红红的果酒,大概是玫瑰酒吧。踏破铁鞋终于找到它了!我赶紧敲窗玻璃,里边出现一张胖胖的老汉的脸,他不开窗,只朝我摇手。我继续敲窗,他隔窗朝我叫道:"不卖了,过年了。"我一急,对他大叫:"我就差一瓶酒了。"谁料他听罢,怔了一下，刷地拉开小小的窗子，里边热乎乎混着炒菜味道的热气扑面而来，跟着一瓶美丽的红酒梦幻般地摆在我的面前。

我付了钱，对他千恩万谢。我怕把酒摔了，便把酒揣在怀里贴身的地方，然后飞快地一口气骑车到家。刚才把酒揣进怀里时酒瓶很凉，现在将酒从怀间抽出时，光溜溜的酒瓶竟被身体捂得很温暖。

当晚这瓶廉价的果酒把一家人扰得热乎乎，我却还在感受着刚才那位老汉把酒"啪"地放在我面前的感觉。他怎么知道我那时为年夜饭缺一瓶酒时急切的心情？很简单——因为那是人们共有的年的情怀。

于是我又想起，一年的年根在火车站上。车厢里人满为患，连走道上也人贴着人地站着。从车门根本挤不上去，有人就从车窗往里爬。我看一个年轻人，半个身子已经爬进车窗，车里的熟人往里拉他，站台上工作人员往外拽他。双方都在使劲，这年轻人拼命地往车里挣扎。就在这时候，忽然站台上的人不拉了，反倒笑嘻嘻把他推上去。我想，要是在平时，站台的工作人员决不会把他推上去，但此时此刻为什么这样做？为了帮他回家过年。

年，真的是太美好的节日、太好的文化了。在这种文化氛围里，人人无须沟通，彼此心灵相应。正为此，除夕之夜千家万户燃起的烟花，才在寒冷的夜空中交相辉映，呈现出普天同庆的人间奇观。

也正为此，那风中飘飞的吊钱，大门上斗大的福字，晶莹的饺子，感恩于天地与先人的香烛，风雪沙沙吹打的灯笼和人人从心中外化出来的笑容，才是这除夕之夜最深切的记忆。

除夕是中国人用共同的生活理想创造出来——并以各自的努力实现的现实。

第三辑　人间生灵

我懂得了这苦夏——它不是无尽头的暑热的折磨，而是我们顶着毒日头默默又坚忍的苦斗的本身。人生的力量全是对手给的，那就是要把对手的压力吸入自己的骨头里。

珍 珠 鸟

真好！朋友送我一对珍珠鸟。放在一个简易的竹条编成的笼子里，笼内还有一卷干草，那是小鸟舒适又温暖的巢。

有人说，这是一种怕人的鸟。

我把它挂在窗前。那儿还有一盆异常茂盛的法国吊兰。我便用吊兰长长的、串生着小绿叶的垂蔓蒙盖在鸟笼上，它们就像躲进深幽的丛林一样安全；从中传出的笛儿般又细又亮的叫声，也就格外轻松自在了。

阳光从窗外射入，透过这里，吊兰那些无数指甲状的小叶，一半成了黑影，一半被照透，如同碧玉；斑斑驳驳，生意葱茏。小鸟的影子就在这中间隐约闪动，看不完整，有时连笼子也看不出，却见它们可爱的鲜红小嘴儿从绿叶中伸出来。

我很少扒开叶蔓瞧它们，它们便渐渐敢伸出小脑袋瞅瞅我。我们就这样一点点熟悉了。

三个月后,那一团愈发繁茂的绿蔓里边,发出一种尖细又娇嫩的鸣叫。我猜到,是它们有了雏儿。我呢?决不掀开叶片往里看,连添食加水时也不睁大好奇的眼去惊动它们。过不多久,忽然有一个小脑袋从叶间探出来。更小哟,雏儿!正是这个小家伙!

它小,就能轻易地由疏格的笼子钻出身。瞧,多么像它的母亲:红嘴红脚,灰蓝色的毛,只是后背还没有生出珍珠似的圆圆的白点;它好肥,整个身子好像一个蓬松的球儿。

起先,这小家伙只在笼子四周活动,随后就在屋里飞来飞去,一会儿落在柜顶上,一会儿神气十足地站在书架上,啄着书背上那些大文豪的名字;一会儿把灯绳撞得来回摇动,跟着跳到画框上去了。只要大鸟在笼里生气儿地叫一声,它立即飞回笼里去。

我不管它。这样久了,打开窗子,它最多只在窗框上站一会儿,决不飞出去。

渐渐它胆子大了,就落在我书桌上。

它先是离我较远,见我不去伤害它,便一点点挨近,然后蹦到我的杯子上,俯下头来喝茶,再偏过脸瞧瞧我的反应。我只是微微一笑,依旧写东西,它就放开胆子跑到稿纸上,绕着我的笔尖蹦来蹦去;跳动的小红爪子在纸上发出嚓嚓响。

我不动声色地写,默默享受着这小家伙亲近的情意。这样,它完全放心了。索性用那涂了蜡似的、角质的小红嘴,"嗒嗒"啄着我颤动的笔尖。我用手抚一抚它细腻的绒毛，它也不怕，反而友好地啄两下我的手指。

有一次，它居然跳进我的空茶杯里，隔着透明光亮的玻璃瞅我。它不怕我突然把杯口捂住。是的，我不会。

白天，它这样淘气地陪伴我；天色入暮，它就在父母的再三呼唤声中，飞向笼子，扭动滚圆的身子，挤开那些绿叶钻进去。

有一天，我伏案写作时，它居然落到我的肩上。我手中的笔不觉停了，生怕惊跑它。待一会儿，扭头看，这小家伙竟趴在我的肩头睡着了，银灰色的眼睑盖住眸子，小红脚刚好给胸脯上长长的绒毛盖住。我轻轻抬一抬肩，它没醒，睡得好熟！还咂咂嘴，难道在做梦！

我笔尖一动，流泻下一时的感受：

信赖，往往创造出美好的境界。

麻　雀

这种褐色、带斑点、乌黑的尖嘴小鸟,为什么要在城市里落户为生,我想,一定有个生动和颇含哲理意味的故事。不过这故事只能虚构了。

这是群精明的家伙。贼头贼脑,又机警,又多疑,似乎心眼儿极多,北方人称它们为"老家贼"。

它们从来不肯在金丝笼里美餐一顿精米细食,也不肯在镀银的鸟架上稍息片刻。如果捉它一只,拴上绳子,它就要朝着明亮的窗子,一边尖叫,一边胡乱扑飞,飞累了,就倒垂下来,像一个秤锤,还张着嘴喘气。第二天早上,它已经伸直腿,闭上眼死掉了。它没有任何可驯性,因此它不是家禽。

它们不像燕子那样,在人檐下搭窝,而是筑巢在高楼的犄角,或者在光秃秃的大墙中间,脱落掉一两块砖的洞眼儿里。在那儿,远远可见一些黄黄的草,五月间,便由那里传出雏雀儿一声声柔细的鸣叫。这些巢儿总是离地很远，又高又险，在人手摸不到的地方。

经常同人打交道，它懂得了人的恶意。只要飞进人的屋子，人们总是先把窗子关上，然后连扑带打，跳上跳下，把它捉住，拿出去给孩子们玩弄，直到它死掉。从来没人打开窗子放它飞去。因此，一辈辈麻雀传下来的一个警句，就是：不要轻易相信人。麻雀生来就不相信人。它长着土的颜色，为了混淆人的注意力。它活着，提心吊胆，没有一刻得以安心。逆境中磨炼出来的聪明，是它活下去的本领。它们几千年来生活在人间，精明成了它们必备的本领。

它们每时每刻都在躲闪人，不叫人接近它们，哪怕那个人并没有看见它，它也赶忙逃掉；它要在人间觅食，还要识破人们布下的种种圈套，诸如支起的箩筐，挂在树上的铁夹子，张在空间的透明的网等等，并且在这上边、下边、旁边撒下一些香喷喷的米粒面渣。还有那些特别智巧的人发明的一种又一种奇特的新捕具。

有时地上有一粒遗落的米，亮晶晶的，那么富于魅力地诱惑着它。它只能用饥渴的眼睛远远盯着它，却没有飞过去叼起米来的勇气。它盯着，叫着，然后腾身而去——这因为它看见了无关的东西在晃动，惹起它的疑心或警觉；或者无端地害怕起来。它把自己吓跑。这样便经常失去饱腹的机会，同时也免除了一些可能致死的灾难。

这种活在人间的鸟儿，长得细长精瘦，有一双显得过大的黑眼睛，目光却十分锐利。由于时时提防人，反要处处盯着人的一举一动，脑袋仿佛一刻不停地转动着，机警地左顾右盼；起飞的动作有如闪电，而且具有长久不息的飞行耐力。

它们总是吃不饱，需要往返不停地奔跑，而且见到东西就得快吃。有时却不能吃，那是要叼回窝里去喂饱羽毛未丰的雏雀儿。

雏雀儿不齐翅膀，刚刚学飞时，是异常危险的。它们跌跌撞撞，落到地上，就要遭难于人们的手中。更可怕的是，这些天真的幼雀，总把人料想得不够坏。因此，大麻雀时常对它们发出警告。诗人们曾以为鸟儿呢喃是一种开心的歌唱，实际上，麻雀一生的喊叫中，一半是对同伴发出的警戒声。这鸣叫里包含着惊心和紧张。人可以把夜莺儿鸣叫学得乱真，却永远学不会这种生存在人间的小鸟的语言。

愉快的声调是单纯的，痛苦的声音有时很奇特；喉咙里的音调容易仿效，心里的声响却永远无法模拟。

如果雏雀儿被人捉到，大麻雀就会置生死于度外地扑来营救。因此人们常把雏雀捉来拴好，要弄得它吱吱叫喊，旁边设下埋伏，来引大麻雀入网，这种利用血缘情感来捕系麻雀，是屡试不爽的。每每此时，大麻雀总是失去理智地扑去，结果做了人们晚间酒桌上一碟新鲜的佳肴。

在这些小生命中间，充满了惊吓、危险、饥荒、意外袭击和一桩桩想起来后怕的事，以及难得的机遇——院角一撮生霉的米。

它们这样劳碌奔波，终日躲避灾难，只为了不入笼中，而在各处野飞野跑。大多数鸟儿都习惯了一方天地的笼中生活，用一身招徕人喜欢的羽翼，耍着花腔，换得温饱。唯有麻雀甘心在风风雨雨中，过着饥饿疲惫又担惊受怕的日子。人憎恶麻雀的天性。凡是人不能喂养的鸟儿，都称作为"野鸟"。

但野鸟可以飞来飞去；可以直上云端，徜徉在凉爽的雨云边；可以掠过镜子一样的水面；还可以站在钻满绿芽的春树枝头抖一抖疲乏的翅膀。可以像笼鸟们梦想的那样。

哎，朋友，如果你现在看见，一群麻雀正在窗外一家楼顶熏黑的烟囱后边一声声叫着，你该怎么想呢？

爱犬的天堂

一位久居巴黎的华人,姓蔡,绰号"老巴黎"。他问我:"你在巴黎也住了不少天,能说出巴黎哪几样东西多吗?"

我想了想,便说:"巴黎有四多。第一是书店多,有时一条街能碰上两三家书店。第二是药店多,第三是眼镜店多,这两种店的霓虹灯标志到处可以看到。药店的霓虹灯是个绿色的十字,眼镜店的霓虹灯是个蓝色的眼镜架。眼镜店和书店总是连在一起的:看书的人多,近视眼肯定多。至于第四,是——"我故意停顿一下,好加强我下边的话,"狗屎多!刚才我还踩了一脚!"说完我笑起来,很得意于自己对巴黎的"发现"。

"老巴黎"蔡先生说:"你们写文章的人观察力还真不赖。这四样说得都对。只是最后一样……看来你很反感。这说明你对巴黎人还不大了解。好,这么办吧,我介绍你去个地方看看。这地方叫作阿斯尼埃尔。"

待我去到那里一看，阿斯尼埃尔原来是一座公墓。再一问，竟是一座狗公墓！它最早是在塞纳河的一个小岛上，后来这岛的一边的河道被填平。它便成了岸边的一块狭长的阔地，长满了花草树木，在这中间耸立着一排排墓碑。不过它们比起人的墓碑要小上一号，最高不过一米。在每一块小巧而精致的墓碑下，都埋葬着一个曾经活过的人间宠物。

狗公墓也和人的墓地一样宁静。静得像教堂，肃穆而安详。坟墓的样式很少重复，有的是古典式样，有的很有现代味，有的是自然主义的做法，用石头砌一座狗儿生前居住的那种小屋。墓碑上边刻着狗的名字，生卒年月，铭文，甚至还记载着墓中的狗一生不凡的业绩。比如一个墓碑上说"墓主人"曾经得过"七个冠军"。还有一个墓碑上写着"这只狗救活了四十个人，但它却被第四十一个人杀死了"。虽然我们不知道这只狗的故事，却叫我们感受到一个英雄的悲剧，让我们觉得这狗的墓地绝非只是埋葬一些宠物那么简单。

不少坟墓还有精美的雕像，或是天使，或是盛开的花朵，或是"墓主人"的形象。有的是一个可爱的头，有的是奔跑时的英姿。远看很像一座狗的雕塑博物馆。它与人的墓地的不同，便是每个墓碑前都修了一个方方正正的大理石的台子，大理石的颜色不同，有黑色的，白色的，也有绛红色的；上边放了各式各样的陶瓷的小狗、小猫、小车、小家具、小娃娃、小罐头、小枕头等等，这是狗的主人们来扫墓时摆上去的。人们对待这些可怜的狗，就像对待自己早夭的孩子一样，以此留下他们深挚的怀念。

细细地看，就会看出每件陶瓷小品都是精心挑选的，都很精致和可爱。有的墓前摆了很多，多达十几种，但都摆放得错落有致，像一个个陈设着艺术品的美丽的小桌。这之间，有时还有彩绘的瓷盘和瓷片，印着一帧墓中小狗的照片，或者生前与它主人的合影。可是，往日的欢乐现在都埋葬在这沉默大地的下边了。

刚走进阿斯尼埃尔时，我看到一个胖胖的老年妇女由一个男孩子陪同走出来。一老一少的眼睛和鼻子都通红。显然他们刚刚扫完墓正要离去，神情带着十分的伤痛。后来在墓地里，我还看到一对来扫墓的年轻的夫妻。女子抱着一大束艳丽的鲜花，男子提着两大塑料袋的供品。一望即知他们与死去的爱犬深如大海般的情谊。他们先把大理石台子上的摆饰挪开，用毛刷和抹布打扫和清洗干净，然后从包里把新买来的陶瓷一件件拿出来重新布置，细心摆好，再用鲜花把这些衬托起来。那男子蹲在那里，一手扶着墓碑；那女子则站在他身边，双手抱在胸前，默然而立，似在祈祷，垂下来的长裙一动不动，静穆中分明有一种很深切的哀伤。我看到墓碑上的他们爱犬去世的时间为一九九五年。一只小狗死去五年，他们依旧悲痛如初。人与狗的情谊原来也可以同人与人一样深刻么？

旁观别人的痛苦是不礼貌的。故而我走开了，与妻子去看墓碑上的碑文。我爱读碑文，碑文往往是人用一生写的，或是写人一生的。碑文更多是哲理。然而这狗墓地的碑文却一律是情感的宣泄，是人对狗单方面的倾诉。比如：

"自从你离开我，我没有一天眼睛里没有泪水。"

"你曾经把我从孤独中救了出来，现在我怎么救你？"

"咱们的家依然有你的位置，尽管你自己躺在这里。"

"回来吧，我的朋友，哪怕只是一天！"

在一棵老树下，有一座黑色的墓碑，上边写着被埋葬者的生卒时间为1914—1929。这只狗的主人署名为L.A.。他写道：

"想到我曾经打过你，我更加痛苦！"

看到这句话，我被感动了。并由此知道狗在巴黎人生活中深层的位置。狗绝对不是他们看家护院的打手，不是玩物，也不是我前边说过的——宠物，而是人们不可缺少的心灵的伙伴。

在狗与人互为伙伴的巴黎生活中，天天会演出多少美好的故事来？

那么，这里埋着巴黎人的什么呢？是破碎的心灵还是残缺的人生？

阿斯尼埃尔的长眠者，不只有狗，还有猫、鸡、鸟、马。据说很早的时候还埋葬过一只大象。埋葬的意义便是纪念。对于巴黎人来说，这种纪念伙伴的方式由来已久。这墓地实际上是巴黎的古老的墓地之一，其历史有一百五十年以上。现在墓地里还有一些百年老墓。狗的墓地与人的墓地最大的不同，是人有家族的血缘，可以代代相传，香火不断，坟墓可以不断地重修；但人与狗的缘分只是一生一世，很难延续到下一代。故此，阿斯尼埃尔所有的古墓都是坍塌一片。但这些倾圮的古墓仍是一片人间遗落而不灭的情感。

扫墓的人，常常会把狗爱吃的食物带来。这便招来城市中一些迷失的猫，来到这里觅食。当地政府便在墓地的一角为这些无家可归的猫盖了一间房子。动物保护组织派来了一些人，在屋子里放了许多小木屋、木桶、草篮，铺上松软的被褥，供给猫儿们睡觉。每天还有人来送猫食。这些猫便有吃有喝，不怕风雨。它们个个都肥肥胖胖，皮毛油亮。阿斯尼埃尔成了它们的乐园和天堂。

这墓地也埋葬猫，也有猫的墓碑和猫的雕塑。有时看见墓碑上端趴着一只白猫，你过去逗它，它不动，原是一个石雕。有时以为是雕像，你站过去想与它合影留念，它却忽然跳下来跑了。

这情景有些奇幻。世上哪里还有这种美妙的幻境？

回到我们的驻地，我给那位"巴黎通"蔡先生打个电话。他问我感受如何。我说："我现在对街上的狗屎有些宽容了。"

他说："那好。宽容了狗屎，你对巴黎的印象会更好一些。"

空　屋

　　好像家里人谁也不肯说，为什么后院那间小屋一直空着，锁着，甚至连院子也很少人去。这空屋便常常隐在几株大梧桐深幽的、湿漉漉的阴影里，红砖墙几乎被苔涂绿，黝黑的檐下总是挂着一些亮闪闪的大蜘蛛网。一入秋，大片大片黄黄的落叶就粘在蛛网上，片片姿态都美，它们还把地面铺得又厚又软，奇怪的是很少有鸟儿飞到这院里来，这便在它的荒芜中加进一点阴森的感觉；影影绰绰，好像听说这屋闹鬼——空屋里常有人走动，还有女人咯咯笑，茶壶自己竟会抬起来斟水……弄不清这是从哪个鬼故事里听来的，还就是这空屋里发生过的令人毛骨悚然的事。那时我小，儿时常把真假混记在一起。

　　一个夏夜，我隔窗清晰听到后院这空屋突然发出"啪"的一声，好像谁用劲把一根棍子掰断，分明有人！鬼？当时，只觉得自己身子缩得很小很小，眼睛瞪得老大老大，脖子不敢也不能转动了。

母亲以为我得了什么急病,问我,我不敢说,最可怕的事都是怕说出来的。从这次起我连通往后院的小门都不敢接近,以致一穿过那段走廊,两条胳膊的鸡皮疙瘩马上全鼓起来。但上楼梯必须横穿过这走廊,每次都是慌慌张张连蹿带跳冲过去,不止一次滑倒跌跤,还跌断过一颗门牙,做了半年多的"没牙佬"。在我的童年里,这空屋是我的一个阴影、威胁、精神包袱,和各种可怕的想象与噩梦的来源。

后来,长大一些,父亲叫我随他去后院这空屋里拿东西,我慑于父亲的威严,被迫第一次走进这鬼的世界。

我紧贴在父亲的身后,胆战心惊地左右瞅这屋,竟然和我生来对它所有猜想都截然不同。没有骷髅、白骨、血手印和任何怪物,而是一间静得要死的素雅的小书房;几架子书,一个书桌,一张小床,一个带椭圆形镜子的小衣柜。屋里的主人好像突然在某个时候离去——桌上的铜墨盒打开着,床上的被子没叠,地上的果核也没清扫,便被时间的灰尘一层层封闭了。我从来没见过哪一间屋子有这么厚的尘土,积在玻璃杯里的灰尘足有半寸厚,杯子外边的灰尘也同样厚,一切物品都陷没并凝固在逝去的岁月里。灰蒙蒙的,看上去像一幅淡淡而又冷漠的水墨画。

灰尘是时间的物质。它隔离人与物,今与昔,但灰尘下边呢?什么东西暗暗相连?

一间房子里如果有人住，虽然天天使用房中的一切，它们反而不会损坏，这大概是由于人的精神照射在这些物品上，它们带着活人的气息，与人的生命有光、有色、有声、有机地混合一起；但如果这房子久无人住，它们便全死了，待在那儿自己竟然会开裂、脱落、散架、坏掉……奇怪吗？不不，人创造的一切因人而在。人旺而物荣，人灭而物毁。只见这书桌前的座椅已经散成一堆木棍，有如零落的尸骨；蚊帐粉化了，依稀还有些丝缕耷拉在床架上，好像吹口气便化成一股烟；头顶上双股灯线断了一根，灯儿带着伞状的灯罩斜垂着；迎面的几个书架最惨，木框大多脱开，上边的书歪歪斜斜或成堆地掉落在尘埃里……忽然，吓我一跳！什么东西在动？那椭圆镜子里的自己？鬼！我看见了一个人！我的叫声刚到嗓子眼儿，再瞧，原来是墙上旧式镜框里一个陌生的男青年的照片——他隔着尘污的玻璃炯炯望着我，目光直视，冷冷的，有点怕人。他是谁？这空屋原先的主人吗？我可从来没见过这个梳中分头、穿西装、领口系黑色蝴蝶结的人！他早死了吗？空屋里那些吓人的动静莫非就是他的幽灵作祟？

父亲拿了一盏台灯和字典，把那铜墨盒和铜笔架放在我手里。我抢在父亲前面赶快走出这空屋。经我再三追问，母亲才告诉我——

墙上那照片里的青年确实早已死去。他竟是我的堂兄！他在上大学时,被他痴爱的女友抛弃,从此每当上哲学课,就对一位不相干的教哲学的女教师嘿嘿傻笑,这才知道他疯了。那女友与他分手时送给他一支双朵的芭兰花。那是用细铁丝拧成的双杈的小叉子,把一对芭兰花插在上边。他便天天捏着这对花忽笑忽哭,直到花儿烂掉,没了,他依旧举着这光光的小叉子用鼻子闻,后来大概他意识到没有花了,就把小叉往鼻孔里插,常常鼻孔被插出血来,终于有一天,他把这小叉子插在电插座上,结束了痛苦绝望的人生。据说那一瞬间,我家电闸的保险丝断了,所有灯齐灭,全楼一片漆黑。

  我那时还不懂爱情这东西如此厉害,但它的刺激性全部感受到了。虽然我对这位堂兄全无印象,他是在我三岁时去世的,可随着我渐渐长大,就一点点悟出我这同胞灵魂中曾经承受和不能承受的是些什么。对鬼的幻觉与惧怕也就随之消失,但我仍不肯再走进这空屋。在我那同胞与世决绝之时,这空屋里的一切都不曾给他一点牵挂与挽留啊!这是个无情的空间,一如漠漠人生。我讨厌那屋里所有东西,似乎都是冰冷的、不祥的,像一堆尸骨。我不明白父亲为什么要用那台灯、墨盒和笔架。尤其当那台灯在父亲的书案上亮起,一看这惨白清冷的灯光,我心里便禁不住打个寒噤。世界上所有台灯的灯光都有一种温情啊。

  我认定自己终生不会走进这空屋,但第二次进去却是另一种更加意想不到的感受。

"文革"初的一天，突如其来，我家被彻底捣毁，父亲被弄到屋顶上批斗，他随时可能被推下来或者自己跳下来；母亲给拉到大街上，被迫和几个挨整的妇女跪着赛跑。许多陌生人围在门外喊口号，一个老邻居家的孩子带领红卫兵用棍棒斧头把我家扫荡得粉碎，直到天黑他们才退去。我一家人坐在被砸毁的成堆成堆的破烂东西上，战战兢兢，不知何时会有人闯进来，再发生什么祸事。这世界变得无法无天，无论谁都可以对我们构成致命的威胁。更深夜半时，近处和远处还在响着喊斗呼打声，我们不敢开灯，不敢出声，黑夜有如恐怖无边地、紧紧地包裹着我……

后来，疲惫不堪的父母和妹妹卧在地上睡着了，不知为什么，我独自起身悄悄穿过走廊和后院，走进那一向被我拒绝的空屋。脚一踏入，那是怎样一个异样宁静的空间啊。

我先在屋中央，月光射入的银白照眼的一块地上蹲下来，瞅着一片片清晰而如墨的梧桐叶影；四周，透过黑色透明的空气，书架家具一件件朦朦胧胧地显现出来。随之而来的是一种很奇怪的感觉，屋中这些陌生的、无生命、本来被我看做是无情无义的死东西，此刻对我反而都是这世上独有的无伤害和保护的了。一切有关的都不安全、一切无关的才最安全。隐隐约约，黑乎乎的墙上，我那疯了并死了的堂兄正冷冷地瞅着我；镜框可能被抄家的人打歪,堂兄的脸也歪着,更添一种活生生的神情。我丝毫不怕,却很想他能像鬼那样走下来,和我说话,反倒会驱散现实压在我心上非常具体的恐怖。我紧紧盯着他,等他,盼他的鬼魂出现……不知不觉进入一种从未经历过的境界:安慰、逃脱与超然。

整整一夜,我享受着这空屋。

书房花木深

一天忽发奇想,用一堆木头在阳台上搭一座木屋,还将剩余的板条钉了几只方形的木桶,盛满泥土,栽上植物,分别放在房间四角。鲜花罕有,绿叶为多。

最初是想把它作为一间新辟的书房,期待从中获得新的灵感。谁料坐在里边竟写不出东西来。白日里,阳光进来一晒,没有涂油漆的松木味道浓浓地冒出来,与植物的清香混在一起,一种享受生活的欲望被强烈地诱惑出来。享受对于写作人来说是一种腐蚀,它使心灵松弛,握不住手里沉重的笔了。

写作是一种与世隔绝的想象之旅,是钻到自己的心里的一种生活,是精神孤独者的文字放纵。在这样的被各种美迷乱了心智的房子里怎么写作呢?因此,我没在里面写过一行字。每有"写"的欲望,仍然回到原先那间胡乱堆满书卷与文稿的书房伏案而作。

渐渐的这间搭在阳台上的木屋成了花房。但它得不到我的照顾,我只是在想起给那些植物浇水时才提着水壶进去,没时间修葺与收拾。房内四处的花草便自由自在、毫无约束地疯长起来。从云南带回来的田七,张着耳朵大的碧绿的圆叶子,沿着墙面向上爬,像是"攀岩";几棵年轻又旺足的绿萝已经蹿到房顶,一直钻进灯罩里;最具生气的是窗台那些泥槽里生出的野草,已经把窗子下边一半遮住,上边一半又被蒲扇状的葵叶黑乎乎地捂住。由窗外射入的日光便给这些浓密的枝叶撕成一束束,静静地斜在屋子当中。

一天,两只小麻雀误以为这里是一片天然的树丛,从敞着的窗子叽叽喳喳地飞了进来,使我欣喜之极,我怕惊吓它们,不走进去,它们居然在里边快乐地鸣唱起来了。

一下子,我感受到大自然野性的气质,并感受到大自然的本性乃是绝对的自由自在。我便顺从这个逻辑,只给它们浇水,甚至还浇点营养液,却从不人为地改变它们。于是它们开始创造奇迹——

首先是那些长长的枝蔓在屋子上端织成一道绿盈盈的幔帐。常春藤像长长的瀑布直垂地面,然后在地上愈堆愈高。绿萝是最调皮的,它在上上下下胡乱"行走"——从桌子后边钻下去,从藤椅靠背的缝隙中伸出鲜亮的芽儿来。

几乎每次我走进这房间,都会惊奇地发现一个画面:一些凋落的粉红色的花瓣落满一座木佛身上，几片黄叶盖住桌上打开的书。一次，我把水杯忘在竹几上，一枝新生的绿蔓从杯柄中穿过，好似一弯娇嫩的手臂挽起我的水杯。于是，在我写作过于劳顿之时，或在画案上挥霍一通水墨之后，便会推开这房间的门儿，撩开密叶纠结的垂幔，独坐其间，让这种自在又松弛的美，平息一下写作时心灵中涌动的风暴。

我开始认识到这间从不用来写作的房间非凡的意义。虽然我不在这里写作，它却是我写作的一部分。

我前边说，写作是一种忘我的想象，只有离开写作才回到现实来。这间小屋却告诉我，我的写作常常十分尖刻地切入现实，放下笔坐在这里所享受的反倒是一种理想。

我被它折服了，并把这种奇妙的感受告诉一位朋友。朋友笑道："何必把现实与理想分得太清楚呢！其实你们这种人理想与现实从来就是混成一团。你们总不满现实，是因为你们太理想主义。你们的问题是总用理想要求现实，因此你们常常被现实击倒在地，也常常苦恼和无奈。是不是？"

朋友的话不错。于是当我坐在这间花木簇拥的木屋中，心里常常会蹦出这么一句话：

我们是天生用理想来生活的人！

进　香

信徒的虔诚有时令人惊异莫解。精明练达往往顾虑重重，单一而偏执的虔诚却常常能创造奇迹。其实这奇迹是旁人这么看，本人未必以为是什么壮举才去做的。就像这些登上几千尺高山去进香拜佛的婆娘们——

一

登泰山者，有相当一些人是朝山拜佛的，自古如此，即便"十年动乱"间也是这样。那时，山间寺庙都闭门上锁，各处神佛塑像全给搬进山顶碧霞祠的正殿里。其中有释迦牟尼、如来、关帝、观音大士、土地爷，也有罗汉、韦驮和此地独有的岱神。千百年来这些神像在各自的庙堂里主事，互不相识，如今拥挤一室，彼此陌生，又没人介绍，只好瞪着吃惊的眼睛面面相觑。可是这些上山求佛来的婆娘们却一一认得。她们进不得封闭的殿堂，就用手指尖悄悄捅开窗纸，挤着一只眼儿透过木棂，找到自己所寻求的佛爷。趁着那严厉的香管庙堂的人有事离开的当儿，赶紧拿出几根自制的草香，插在地面的砖缝里，趴下来，隔着上了黄铜大锁的庙门，给门内的诸神叩头。

这是那十年间，泰山上兴起的一种奇异的风俗。自古烧香拜佛，都得面对佛爷，哪有隔门拜佛的规矩？但门上的锁断然不能打开，虔诚的心意却锁不住、拦不断，照样能奉献到这呆呆的佛爷跟前，虽然愚昧可笑，却显出这些无知的婆娘们的至诚之深。由此便知，世上最难约束的，乃是人心。歌儿不能唱在嘴上，依旧唱在心里；你什么也听不见，他正唱给自己听。

这叫作——无形的存在。

二

人说女人心慈，所以烧香拜佛的大都是婆娘们，尤其是些住在山沟，远隔世事的老婆婆。到泰山拜佛的人，近自山下方圆几十里的村落，远至数百里之外的德州一带。不论远近，仅仅从山脚起始攀登，及至山顶，也得跋涉二十余里山路，又多是回绕而陡峭的石阶。偏偏寺庙大都修筑在半山之上。就得使这些七老八十的小脚老婆婆们，千辛万苦爬上峰顶。我纳闷，当初这些修庙建寺的人，怎么没人替善心的老婆婆们想一想呢？有人告诉我，这正是要考验老婆婆们的诚心。不经过千折百回、劳其筋骨的辛苦，怎能知其真假？佛爷向来不肯轻信于人的。不管这说法是不是笑话，反正至诚不二的老婆婆却执意这样做了，她们的虔诚与毅力不单会感动神灵，也常常感动那些不信神佛的年轻的游人，居然也跑到庙里装模作样地叩几个头。

这些老婆婆拜过佛爷，就打怀里摸出一个钱板，去到碧霞祠院内的御碑上磨一磨。据说把这钱板的边儿磨去，带回家，当中打个小孔，穿根红线绳套在孙儿的脖颈上，可以"长寿无边"。这由于钱板的边儿磨去了，取其"无边"之意，其实世上的事哪有无穷无尽的，不过图个吉利罢了。

拜过佛，磨过钱，老婆婆们心满意足，便折一枝山花，慢悠悠下山来。你登泰山时，只要见到老婆婆们手执一条花枝，乐滋滋走下山，不用问，一准就是朝山拜佛的。

每逢春至，风和景明，寂寂山谷中，常有三五婆娘结成伴儿，顺着那万丈天梯般的石阶山路，慢慢腾腾往上爬，或是走下来。她们穿得干干净净，头发梳得油光乌亮，神情郑重不阿；前前后后还跟着几个小姑娘，臂弯里挎一个蓝底白花的土布包袱，里边装着衣物干粮。婆娘们手拄的竹棍木杖，敲着石磴，声调清越，与四外的松涛、泉响、鸟鸣，合成谐美悦耳的乐音。她们这红颜、白发，以及每人手中一枝鲜黄的迎春花,在郁郁幽深的谷壑中分外招眼。

她们时走时停,有时还要坐在石阶上揉一揉酸胀的小脚,喘口气,等候步履略迟的同伴,或是打开包袱,拿出锅盖大焦黄的煎饼、翡翠般的大葱和香喷喷的酱罐,用这种地道的山东乡民的粗食,填饱在劳累中耗空了的饥肠饿肚。这时,你走上去,与她们搭讪,她们准是乐于与你攀谈的。她们一边掠一掠给汗粘在颊边的鬓发,一边弯起满脸深深的皱纹,龇着零落、歪斜、发黄的牙齿,笑呵呵告诉你:去年她们上山来请求佛爷赐给每人一个孙儿,并许了愿,如果佛爷真的给她们孙儿,来年准来还愿;回家不久,儿媳们竟然都有了孕,当下胖大的孙儿早都抱在怀中。所以老婆婆们今儿特意翻山越岭还愿来了。

你听了,会被她们这质朴和虔诚所感染!你不但不会笑话老婆婆们愚昧无知,反而会敬重她们的纯真和信义。多可爱的老婆婆们!只要佛爷的话算数,她们再苦再累也不能说了不算。虔诚是圣洁美好的心境。于是,你就会诚心诚意向老婆婆们贺喜道福,让老人们满心欢喜地返回去!

三

在"文革"期间,社会空气沉闷肃杀的时候,我去泰山写生,攀过五松亭，见到松柏环抱里有一处石洞，洞口石壁凿刻三字：朝阳洞。洞内晦暗，隐隐飘出丝丝微蓝的烟缕。我猫腰钻进洞内，扑鼻而来是一阵浓浓好闻的烧香气味，一股庙堂的气息。透过弥漫洞中的香烟，渐渐看清洞内竖着一尊观音大士的石刻像，阴刻的线条遒劲流畅，一派静穆而慈悲的神态。洞顶乌黑，显然是给数百年来的香火熏灼所致。在这华夏文化荡涤一空的时代，居然有保存得如此完好的佛像，令我惊讶，刚要走近仔细观摩，突然呼啦啦在我身边站起几个人来。仔细一看，原来都是中年以上的乡村妇女。身穿蓝袄黑裤，鬓边各垂乌鸦翅膀那样一片头发，不知是哪个地方的打扮。她们个个显得尴尬又紧张，好像做了什么错事那样等待我发火似的。其中一个妇女正用脚踹着什么东西。原来地上有一小撮土，上面插着几炷香，香头红亮，袅袅冒烟。她是想把香踢倒，用土掩盖。我马上明白，她们是来烧香的，并错把我当作山上大队的"造反"干部。当时到山上烧香是要给扣起来的。

我便犹豫了。我如果站在这里，她们肯定不敢烧香叩头；我如果走掉，她们便会疑心我去报告那些造反者来抓她们，反而会吓跑。那么，她们千辛万苦赶到这里，只为了在佛爷面前烧几炷香，叩几个头，祈求一点安慰，充实一些希望，不就全给我扰散，快快归去吗？我将无论怎么忏悔，也无法弥补这无意中的过失。这可真是进退两难……我和这些婆娘们都怔怔站着，不知所措。

忽然，一个极其聪明的办法钻进我的脑袋里。就像写作时来了灵感一样，马上就做。我上前，把地上那撮土拍好，将香插直，虽然我根本不信这些不存在的佛爷，却扑通一下跪下来给神像叩头。周围这几个婆娘先是一怔，跟着不约而同地扑跪在地，和我一起认真地叩头作揖。叩完头站起来，我们每人膝盖上都带着两大块黄土印子，面对面，不由得咧开嘴露出十分快活的笑容。

她们快活，因为她们如愿以偿；我也快活，因为我觉得自己还算聪明。这聪明使我做了一件多么好的事啊！

挑 山 工

一

你见过泰山的挑山工吗？这是种很奇特的人！

不知别处对这种运货上山的民夫怎样称呼。这儿习惯叫作挑山工。单从"挑山"二字，就可以体会出这种工作非凡的艰辛。肩挑着百十斤的重物，从山下直挑到烟云缭绕、鸟儿都难飞得上去的山顶，谁敢一试？更何况，这被誉为"五岳之首"的泰山，自有其巍巍而不可征服的威势。从山根直至极顶处，一条道儿，全是高高的石头台阶，简直就是一架直上直下的万丈天梯。在通向南天门的十八盘道上，那些游山来的健壮的男儿，也不免气喘吁吁；一般人更是精疲力竭，抓着道旁的铁栏，把身子一点点往上移。每爬上十来磴台阶，就要停下来歇一歇。只有这时，你碰到一个挑山工——他给重重的挑儿压塌了腰，汗水湿透衣衫，两条腿上的肌条筋缕都清晰地凸现在外，默不作声，一步一步，吃力又坚韧地走过你身旁，登了上去。你那才算是约略知道"挑山"二字的滋味……

挑山工，大概自古就有。山头那些千年古刹所用的一切建筑材料，都是从山下运上来的。你瞧着这些构造宏伟的古建筑上巨大的梁柱础石、沉重的铜砖铁瓦，再低头俯望一条灰白的山路，如同一根细绳，蜿蜒曲折，没入茫茫的谷底。你就会联想到，当年为了建造这些庙宇寺观，为了这壮观的美，挑山工们付出了怎样艰巨和惊人的劳动！

我少时来游泰山，山顶上还有三四十户人家，家中的男人大多是挑山工，给山上的国营招待所运送食品货物以为生计。清早，他们拿了扁担绳索，带着晨风晓露下山去，后响随着一片暮云夕阳，把货物挑上山来。星光烁烁时，家家都开夜店，留宿打算转天早起观瞻日出而在山头住一夜的游人，收费却比国营招待所低廉。他们的屋子是石头垒的。山上风大，小屋都横竖卧在山道两旁的凹处，屋顶与道面一般平。屋里边简陋得几乎什么也没有，用来招待客人的，只有一条脏被和热开水。为了招待主顾，各家门首还挂着一个小幌牌，写着店名。有的叫"棒槌店"，就在木牌两边挂一对小木棒槌；有的叫"勺儿店"，便挂一对乌黑的小生铁勺儿，下边拴些红布穗子，随风摇摆，叮当轻响。不过，你在这店里睡不好觉。劳累了一天的挑山工和客人们睡在一张炕上。他们要整整打上一夜松涛般呼呼作响的鼾声……

在这些小石屋中间，摆着一件非常稀罕的东西。远看一人多高，颜色发黑，又圆又粗，两个人才能合抱过来。上边缀满繁密而细碎的光点，熠熠闪烁。好像一块巨型的金星石。近处一看，原来是一口特大的水缸，缸身满是裂缝，那些光点竟是数不清的连合破缝的锔子，估计总有一两千个。颇令人诧异。我问过山民，才知道，山顶没有泉眼，缺水吃，山民们用这口缸储存雨水。为什么打了这么多锔子呢？据说，三百多年前，山上住着一百多户人家。每天人们要到半山间去取水，很辛苦。一年，从这些人家中，长足了八个膀大腰圆、力气十足的小伙子。大家合计一下，在山下的泰安城里买了这口大缸。由这八个小伙子出力，整整用了七七四十九天，才把大缸抬到山顶。以后，山上人家愈来愈少，再也不能凑齐那样八个健儿，抬一口新缸来。每次缸裂了，便到山下请上来一位锔缸的工匠，锔上裂缝。天长日久，就成了这样子。

听了这故事，你就不会再抱怨山顶饭菜价钱的昂贵。山上烧饭用的煤，也是一块块挑上来的呀！

二

在泰山上，随处都可以碰到挑山工。他们肩上架一根光溜溜的扁担,两端翘起处,垂下几根绳子,拴挂着沉甸甸的物品。登山时,他们的一条胳膊搭在扁担上,另一条胳膊垂着,伴随登踏的步子有节奏地一甩一甩,以保持身体平衡。他们的路线是折尺形的——先从台阶的一端起步,斜行向上,登上七八级台阶,就到了台阶的另一端;便转过身子,反方向斜行,到一端再转回来,一曲一折向上登。每次转身,扁担都要换一次肩,这样才能使垂挂在扁担前头的东西不碰在台阶的边沿上,也为了省力。担了重物,照一般登山那样直上直下,膝头是受不住的。但路线曲折,就使路程加长。挑山工登一次山,大约多于游人们路程的一倍!

你来游山。一路上观赏着山道两旁的奇峰异石、巉岩绝壁、参天古木、飞烟流泉,心情喜悦,步子兴冲冲。可是当你走过这些肩挑重物的挑山工的身旁时,你会禁不住用一种同情的目光,注视他们一眼。你会因为自己身无负载而倍觉轻松,反过来,又为他们感到吃力和劳苦,心中生出一种负疚似的情感……而他们呢?默默的,不动声色,也不同游人搭话——除非向你问问时间。一步步慢吞吞地走自己的路。任你怎样嬉叫闹喊,也不会惊动他们。他们却总用一种缓慢又平均的速度向上登,很少停歇。脚底板在石阶上发出坚实有力的嚓嚓声。在他们走过之处,常常会留下零零落落的汗水的滴痕……

奇怪的是,挑山工的速度并不比你慢。你从他们身边轻快地超越过去，自觉把他们甩在后边很远。可是，你在什么地方饱览四处雄美的山色，或在道边诵读与抄录凿刻在石壁上的爬满青苔的古人题句，或在喧闹的溪流前洗脸濯足，他们就会在你身旁慢吞吞、不声不响地走过去。悄悄地超过了你。等你发现他走在你的前头时，会吃一惊，茫然不解，以为他们是像仙人那样腾云驾雾赶上来的。

有一次，我同几个画友去泰山写生，就遇到过这种情况。我们在山下的斗姥宫前买登山用的青竹杖时，遇到一个挑山工。矮个子，脸儿黑生生，眉毛很浓，大约四十来岁；敞开的白土布褂子中间露出鲜红的背心。他扁担一头拴着几张黄木凳子，另一头捆着五六个青皮西瓜。我们很快就越过他去。可是到了回马岭那条陡直的山道前，我们累了，舒开身子，躺在一块平平的被山风吹得干干净净的大石头上歇歇脚，这当儿，竟发现那挑山工就坐在对面的草茵上抽着烟。随后，我们差不多同时起程，很快就把他甩在身后，直到看不见。但当我爬上半山的五松亭时，却见他正在那株姿态奇特的古松下整理他的挑儿。褂子脱掉，现出黑黝黝、健美的肌肉和红背心。我颇感惊异。走过去假装问道，让支烟，跟着便没话找话，和他攀谈起来。这山民倒不拘束，挺爱说话。他告诉我，他家住在山脚下，天天挑货上山。一年四季，一天一个来回。他干了近二十年。然后他说："您看俺个子小吗？干挑山工的,长年给扁担压得长不高,都是矮粗。像您这样的高个儿干不了这种活儿。走起来,晃晃悠悠哪!"

他逗趣似的一抬浓眉,咧开嘴笑了,露出皓白的牙齿。山民们喝泉水,牙齿都很白。

这么一来,谈话更随便些,我便把心中那个不解之谜说出来:

"我看你们走得很慢,怎么反而常常跑到我们前边来了呢?你们有什么近道儿吗?"

他听了,黑生生的脸上显出一丝得意之色。他吸一口烟,吐出来,好像做了一点思考,才说:

"俺们哪里有近道,还不和你们是一条道?你们是走得快,可你们在路上东看西看,玩玩闹闹,总停下来呗!俺们跟你们不一样。不能像你们在路上那么随便,高兴怎么就怎么。一步踩不实不行,停停住住更不行。那样,两天也到不了山顶。就得一个劲儿总往前走。别看俺们慢,走长了就跑到你们前边去了。瞧,是不是这个理儿?"

我笑吟吟,心悦诚服地点着头。我感到这山民的几句话里,似乎包蕴着一种意味深长的哲理,一种切实而朴素的思想。我来不及细细嚼味,做些引申,他就担起挑儿起程了。在前边的山道上,在我流连山色之时,他还是悄悄超过了我,提前到达山顶。我在极顶的小卖部门前碰见他,他正在那里交货。我们的目光相遇时,

他略表相识地点头一笑,好像对我说:

"瞧,俺可又跑到你的前头来了!"

我自泰山返回家后,就画了一幅画——在陡直而似乎没有尽头的山道上,一个穿红背心的挑山工给肩头的重物压弯了腰,却一步步、不声不响、坚韧地向上登攀。多年来,这幅画一直挂在我的书桌前,不肯换掉,因为我需要它……

长衫老者

我幼时，家对门有条胡同，又窄又长，九曲八折，望进去深邃莫测。隔街是店铺集中的闹市，过往行人都以为这胡同通向那边闹市，是条难得的近道，便一头扎进去，弯弯转转，直走到头，再一拐，迎面竟是一堵墙壁，墙内有户人家。

原来这是条死胡同！好晦气！凡是走到这儿来的，都恨不得把这面堵得死死的墙踹倒！怎么办？只有认倒霉，掉头走出来。

可是这么一往一返，不但没抄了近道，反而白跑了长长一段冤路。正像俗话说的：贪便宜者必吃亏。那时，只要看见一个人满脸丧气地从胡同里走出来，哈，一准知道是撞上死胡同了！

走进这死胡同的，不仅仅是行人，还有一些小商小贩，为了省脚力，推车挑担串进来，这就热闹了。本来狭窄的道儿常常拥塞，叫车轱辘碰伤孩子的事也不时发生。

没有人打扫它，打扫也没有用，整天土尘蓬蓬。人们气急时就叫:"把胡同顶头那家房子扒了!"房子扒不了,只好忍耐;忍耐久了,渐渐习惯。就这样,乱乱哄哄,好像它天经地义就该如此。

一天,来了一位老者,个子矮小,干净爽利,一件灰布长衫,红颜白须,目光清朗,胳肢窝夹个小布包包,看样子像教书先生。他走进胡同,一直往里,可过不久就返回来。嘿,又是一个撞上死胡同的!

这位长衫老者却不同常人。他走出来时,面无懊丧,而是目光闪闪,似在思索,然后站在胡同口,向左右两边光秃秃的墙壁望了望,跟着蹲下身,打开那布包,包里面有铜墨盒、毛笔、书纸和一个圆圆的带盖的小饭盆。

他取笔展纸,写了端端正正、清清楚楚四个大字:此路不通。又从小盆里捏出几颗饭粒,代做糨糊,把这张纸贴在胡同口的墙壁上,看了两眼便飘然而去。

咦,谁料到这张纸一出,立刻出现奇迹……过路人刚要抄近道扎进胡同,一见纸上的字,就转身走掉;小商贩们即使不识字,见这里进出人少,疑惑是死胡同,自然不敢贸然进去。胡同陡然清静多了。

过些日子,这纸条给风吹雨打,残破了,胡同里的住家便想到用一块木板,依照这四个字写在上边,牢牢钉在墙上,这样就长久地保留下来。

胡同自此大变样了。它出现了从来没见过的情景：有人打扫，有人种花，有孩童玩耍；鸟雀也敢在地面上站一站。逢到一夜大雪过后，犹如一条蜿蜒洁白的带子，渐渐才给早起散步的老人们踩上一串深深的雪窝窝。这些饱受市井喧嚣的人家，开始享受起幽居的静谧和安宁了。

　　于是，我挺奇怪，本来是这么简单的一举，为什么许多年里不曾有人想到？我因此愈加敬重那矮小、不知姓名、肯思索、更肯动手来做的长衫老者了……

猫　婆

　　我那小阁楼的后墙外，居高临下是一条又长又深的胡同，我称它为猫胡同。每日夜半，这里是猫儿们无法无天的世界。它们戏耍、求偶、追逐、打架，叫得厉害时有如小孩扯着嗓子嚎哭。吵得人无法入睡时，便常有人推开窗大吼一声"去——"，或者扔块石头瓦片轰赶它们。我在忍无可忍时也这样怒气冲冲干过不少次。每每把它们赶跑，静不多时，它们又换个什么地方接着闹，通宵不绝。为了逃避这群讨厌的家伙，我真想换房子搬家。奇怪，哪来这么多猫，为什么偏偏都跑到这胡同里来聚会闹事？

　　一天，我到一位朋友家去串门，聊天，他养猫，而且视猫如命。

　　我说："我挺讨厌猫的。"

　　他一怔，扭身从墙角纸箱里掏出个白色的东西放在我手上。呀，一只毛线球大小雪白的小猫！大概它有点怕，缩成个团儿，小耳朵紧紧贴在脑袋上，一双纯蓝色亮亮的圆眼睛柔和又胆怯地望着我。我情不自禁赶快把它捧在怀里，拿下巴爱抚地蹭它毛茸茸的小脸，竟然对这朋友说："太可爱了，把它送给我吧！"

我这朋友笑了，笑得挺得意，仿佛他用一种爱战胜了我不该有的一种怨恨。他家大猫这次一窝生了一对小猫———一只一双金黄眼儿，一只一双天蓝色眼儿。尽管他不舍得送人，对我却例外地割爱了。似乎为了要在我身上培养出一种与他同样的爱心来；真正的爱总希望大家共享，尤其对我这个厌猫者。

小猫一入我家，便成了我全家人的情感中心。起初它小，趴在我手掌上打盹睡觉，我儿子拿手绢当被子盖在它身上，我妻子拿眼药瓶吸牛奶喂它。它呢，喜欢像婴儿那样仰面躺着吃奶，吃得高兴时便用四只小毛腿抱着你的手，伸出柔软的、细砂纸似的小红舌头亲昵地舔你的手指尖……这样，它长大了，成为我家中的一员，并有着为所欲为的权利——睡觉可以钻进任何人的被窝儿，吃饭可以跳到桌上，蹲在桌角，想吃什么就朝什么叫，哪怕最美味的一块鱼肚或鹅肝，我们都会毫不犹豫地让给它。嘿，它夺去我儿子受宠的位置，我儿子却毫不妒忌它，反给它起了顶漂亮、顶漂亮的名字，叫蓝眼睛。这名字起得真好！每当蓝眼睛闯祸——砸了杯子或摔了花瓶，我发火了，要打它，但只要一瞅它那纯净光澈、惊慌失措的蓝眼睛，心中的火气顿时全消，反而会把它拥在怀里，用手捂着它那双因惊恐而瞪大的蓝眼睛，不叫它看，怕它被自己的冒失吓着……

我也是视猫如命了。

入秋,天一黑,不断有些大野猫出现在我家的房顶上,大概都是从后面猫胡同爬上来的吧。它们个个很丑,神头鬼脸向屋里张望。它们一来,蓝眼睛立即冲出去,从晾台蹿上屋顶,和它们对吼、厮打,互相穷追不舍。我担心蓝眼睛被这些大野猫咬死,关紧通向晾台的门,蓝眼睛便发疯似的抓门,还哀哀地向我乞求。后来我知道蓝眼睛是小母猫,它在发狂地爱,我便打开门不再阻拦。它天天夜出晨归,归来时,浑身滚满尘土,两眼却分外兴奋明亮,像蓝宝石。就这样,在很冷的一天夜里出去了,没再回来,我妻子站在晾台上拿根竹筷子"当当"敲着它的小饭盆,叫它,一连三天,期待落空。意想不到的灾难降临——蓝眼睛丢了!

情感的中心突然失去,家中每个人都空了。

我不忍看妻子和儿子噙泪的红眼圈,便房前房后去找。黑猫、白猫、黄猫、花猫、大猫、小猫,各种模样的猫从我眼前跑过,唯独没有蓝眼睛……懊丧中,一个孩子告诉我,猫胡同顶里边一座楼的后门里,住着一个老婆子,养了一二十只猫,人称猫婆,蓝眼睛多半是叫她的猫勾去的。这话点亮了我的希望。

当夜,我钻进猫胡同,在没有灯光的黑暗里寻到猫婆家的门,正想察看情形,忽听墙头有动静,抬头吓一跳,几只硕大的猫影黑黑地蹲在墙上。我轻声一唤"蓝眼睛",猫影全都微动,眼睛处灯光似的一闪一闪,并不怕人。我细看,没有蓝眼睛,就守在墙根下等候。不时一只走开,跳进院里,不时又从院里爬上一只来,一直没等到蓝眼睛。但这院里似乎是个大猫洞,我那可怜的宝贝多半就在里边猫婆的魔掌之中了。我冒冒失失地拍门,非要进去看个究竟不可。

门打开,一个高高的老婆子出现——这就是猫婆了。里边亮灯,她背光,看不清面孔,只是一条墨黑墨黑神秘的身影。

我说我找猫,她非但没拦我,反倒立刻请我进屋去。我随她穿过小院,又低头穿过一道小门,是间阴冷的地下室。一股浓重噎人的猫味马上扑鼻而来。屋顶很低,正中吊下一个很脏的小灯泡,把屋内照得昏黄。一个柜子,一座生铁炉子,一张大床,地上几只放猫食的破瓷碗,再没别的,连一把椅子也没有。

猫婆上床盘腿而坐,她叫我也坐在床上。我忽见一团灰涂涂的棉被上,东一只西一只横躺竖卧着几只猫。我扫一眼这些猫,还是没有蓝眼睛。猫婆问我:"你丢那猫什么样儿?"我描述一遍,她立即叫道:"那大白波斯猫吧?长毛?大尾巴?蓝眼睛?见过见过,常从房上下来找我们玩儿,还在我们这儿吃过东西呢,多疼人的宝贝!丢几天了?"我盯住她那略显浮肿、苍白无光的老脸看,只有焦急,却无半点装假的神气。我说:"五六天了。"她的脸顿时阴沉下来，停了片刻才说："您甭找了，回不来了！"我很疑心这话为了骗我，目光搜寻可能藏匿蓝眼睛的地方。这时，猫婆的手忽向上一指，呀，迎面横着的铁烟囱上，竟然还趴着好一大长排各种各样的猫！有的眼睛看我，有的闭眼睡觉，它们是在借着烟囱的热气取暖。

猫婆说："您瞧瞧吧，这都是叫人打残的猫！从高楼上摔坏的猫！我把它们拾回来养活的。您瞧那只小黄猫，那天在胡同口叫孩子们按着批斗，还要烧死它，我急了，一把从孩子们手里抢出来的！您想想，您那宝贝丢了这么多天，哪还有好？现在乡下常来一伙人，下笼子逮猫吃，造孽呀！他们在笼里放了鸟儿，把猫引进去，笼门就关上……前几天我的一只三花猫就没了。我的猫个个喂得饱饱的，不用鸟儿绝对引不走，那些狼心狗肺的家伙，吃猫肉，叫他们吃！吃得烂嘴、烂舌头、浑身烂、长疮、烂死！"

她说得脸抖，手也抖，点烟时，烟卷抖落在地。烟囱上那小黄猫，瘦瘦的，尖脸，很灵，立刻跳下来，叼起烟，仰起嘴，递给她。猫婆笑脸开花，咧着嘴不住地说："瞧，您瞧，这小东西多懂事！"像在夸赞她的一个小孙子。

我还有什么理由疑惑她？面对这天下受难猫儿们的救护神，告别出来时，不觉带着一点惭愧和狼狈的感觉。

蓝眼睛的丢失虽使我伤心很久，但从此不知不觉我竟开始关切所有猫儿的命运。猫胡同再吵再闹也不再打扰我的睡眠,似乎有一只猫叫,就说明有一只猫活着,反而令我心安。猫叫成了我的安眠曲……

转过一年,到了猫儿们求偶时节,猫胡同却忽然安静下来。

我妻子无意间从邻居那里听到一个不幸的消息:猫婆死了。同时——在她死后——才知道关于她在世时的一点点经历。

据说,猫婆本是先前一个开米铺老板的小婆,被老板的大婆赶出家门,住在猫胡同那座楼第一层的两间房子里。后又被当作资本家老婆,轰到地下室。她无亲无故,孑然一身,拾纸为生,以猫为伴,但她所养的猫没有一个良种好猫,都是拾来的弃猫、病猫和残猫。她天天从水产店捡些臭鱼烂虾煮了,放在院里喂猫,也就招引一些无家可归的野猫来填肚充饥,有的干脆在她家落脚。她有猫必留,谁也不知道她家到底有多少只猫。

"文革"前,曾有人为她找个伴儿,是个卖肉的老汉。结婚不过两个月,老汉忍受不了这些猫闹、猫叫、猫味儿,就搬出去住了。人们劝她扔掉这些猫,接回老汉,她执意不肯,坚持与这些猫共享着无人能解的快乐。

前两个月,猫婆急病猝死,老汉搬回来,第一件事便是把这些猫统统轰走。被赶跑的猫儿依恋故人故土,每每回来,必遭老汉一顿死打,这就是猫胡同忽然不明不白静下来的根由了。

这消息使我的心一揪。那些猫,那些在猫婆床上、被上、烟囱上的猫,那些残的、病的、瞎的猫儿们呢?那只尖脸的、瘦瘦的、为猫婆叼烟卷的小黄猫呢?如今漂泊街头、饿死他乡,被孩子弄死,还是叫人用笼子捉去吃掉了?一种伤感与忧虑从我心里漫无边际地散开,散出去,随后留下的是一片沉重的空茫。这夜,我推开后窗向猫胡同望下去,只见月光下,猫婆家四周的房顶墙头趴着一只只猫影,大约有七八只,黑黑的,全都默不作声。这都是猫婆那些生死相依的伙伴,它们等待着什么呀?

从这天起,我常常把吃剩下的一些东西,一块馒头、一个鱼头或一片饼扔进猫胡同里去,这是我仅能做到的了。但这年里,我也不断听到一些猫这样或那样死去的消息,即使街上一只猫被轧死,我都认定必是那些从猫婆家里被驱赶出来的流浪儿。入冬后,我听到一个令人战栗的故事——

我家对面一座破楼修理瓦顶。白天里瓦工们换瓦时活没干完,留下个洞,一只猫为了御寒,钻了进去。第二天瓦工们盖上瓦走了,这只猫无法出来,急得在里边叫。住在这楼顶层的五六户人家都听到猫叫,还有在顶棚上跑来跑去的声音,但谁家也不肯将自家的顶棚捅坏,放它出来。这猫叫了三整天,开头声音很大,很惨,瘆人,但一天比一天声音微弱下来,直至消失!

听到这故事,我彻夜难眠。

更深夜半,天降大雪,猫胡同里一片死寂,这寂静化为一股寒气透进我的肌骨。忽然,后墙下传来一声猫叫,在大雪涂白了的胡同深处,猫婆故居那墙头上,孤零零趴着一只猫影,在凛冽中蜷缩一团,时不时哀叫一声,甚是凄婉。我心一动,是那尖脸小黄猫吗?忙叫声:"咪咪!"想下楼去把它抱上来,谁知一声唤,将它惊动,起身慌张跑掉。

猫胡同里便空无一物。只剩下一片夜的漆黑和雪的惨白,还有奇冷的风在这又长又深的空间里呼啸。

快 手 刘

　　人人在童年,都是时间的富翁。胡乱挥霍也使不尽。有时待在家里闷得慌,或者父亲嫌我太闹,打发我出去玩玩儿,我就不免要到离家很近的那个街口,去看快手刘变戏法。

　　快手刘是个撂地摆摊卖糖的胖大汉子。他有个随身背着的漆成绿色的小木箱,在哪儿摆摊就把木箱放在哪儿。箱上架一条满是洞眼的横木板,洞眼插着一排排廉价而赤黄的棒糖。他变戏法是为吸引孩子们来买糖。戏法十分简单,俗称"小碗扣球"。一块绢子似的黄布铺在地上,两个白瓷小茶碗,四个滴溜溜的大红玻璃球儿,就这再普通不过的三样道具,却叫他变得神出鬼没。他两只手各拿一个茶碗,你明明看见每个碗下边扣着两个红球儿,你连眼皮都没眨动一下,嘿!四个球儿竟然全都跑到一个茶碗下边去了,难道这球儿是从地下钻过去的?他就这样把两只碗翻来翻去,一边叫天喊地,东指一下手,西吹一口气,好像真有什么看不见的神灵做他的助手，四个小球儿忽来忽去，根本猜不到它们在哪里。这种戏法比舞台上的魔术难变，舞台只一边对着观众；街头上的土戏法，前后左右围着一圈人，人们的视线从四面八方射来，容易看出破绽。有一次，我亲眼瞧见他手指飞快地一动，把一个球儿塞在碗下边扣住，便禁不住大叫：

"在右边那个碗底下哪，我看见了！"

"你看见了？"快手刘明亮的大眼珠子朝我惊奇地一闪，跟着换了一种正经的神气对我说，"不会吧！你可得说准了。猜错就得买我的糖。"

"行！我说准了！"我亲眼所见，所以一口咬定。自信使我的声音非常响亮。

谁知快手刘哈哈一笑，突然把右边的茶碗翻过来。

"瞧吧，在哪儿呢？"

咦，碗下边怎么什么也没有呢？只有碗口压在黄布上一道圆圆的印子。难道球儿穿过黄布钻进左边那个碗下边去了？快手刘好像知道我怎么猜想，伸手又把左边的茶碗掀开，同样什么也没有！球儿都飞了？只见他将两只空碗对口合在一起，举在头顶上，口呼一声："来！"双手一摇茶碗，里面竟然哗哗响，打开碗一看，四个球儿居然又都出现在碗里边。怪，怪，怪！

四边围看的人发出一阵惊讶不已的唏嘘之声。

"怎么样？你输了吧！不过在我这儿输了决不罚钱，买块糖吃就行了。这糖是纯糖稀熬的，单吃糖也不吃亏。"

我臊得脸皮发烫，在众人的笑声里买了块棒糖，站在人圈后边去。从此我只站在后边看了，再不敢挤到前边去多嘴多舌。他的戏法，在我眼里真是无比神奇了。这也是我童年真正钦佩的一个人。

他那时不过四十多岁吧，正当年壮，精饱神足，肉重肌沉，皓齿红唇，乌黑的眉毛像用毛笔画上去的。他蹲在那里活像一只站着的大白象。一边变戏法，一边卖糖，发亮而外突的眸子四处流盼，照应八方；满口不住说着逗人的笑话。一双胖胖的手，指肚滚圆，却转动灵活，那四个小球就在这双手里忽隐忽现。我当时有种奇想，他的手好像是双层的，小球时时藏在夹层里。唉唉，孩提时代的念头，现在不会再有了。

这双异常敏捷的手，大概就是他绰号"快手刘"的来历。他也这样称呼自己，以致在我们居住那一带无人不知他的大名。我童年的许多时光，就是在这最最简单又百看不厌的土戏法里，在这一直也不曾解开的迷阵中，在他这双神奇莫测、令人痴想不已的快手之间消磨的。他给了我多少好奇的快乐呢？

那些伴随着童年的种种人和事，总要随着童年的消逝而远去。我上中学以后就不常见到快手刘了。只是路过那路口时，偶尔碰见他。他依旧那样兴冲冲地变"小碗扣球",身旁摆着插满棒糖的小绿木箱。此时我已经是懂事的大孩子了,不再会把他的手想象成双层的,却依然看不出半点破绽,身不由己地站在那里,饶有兴致地看了一阵子。我敢说,世界上再好的剧目,哪怕是易卜生和莎士比亚的,也不能像我这样成百上千次看个不够。

我上高中是在外地。人一走,留在家乡的童年和少年就像合上的书。往昔美好的故事、亲切的人物、甜醉的情景,就像鲜活的花瓣夹在书页里,再翻开都变成了干枯了的回忆。谁能使过去的一切复活?那去世的外婆、不知去向的挚友,妈妈乌黑的卷发,久已遗失的那些美丽的书,那跑丢了的蓝眼睛的小白猫……还有快手刘。

高中二年级的暑期,我回家度假。一天在离家不远的街口看见十多个孩子围着什么又喊又叫。走近一看,心中怦然一动,竟是快手刘!他依旧卖糖和变戏法,但人已经大变样子。十年不见,他好像度过了二十年。模样接近了老汉。单是身旁摆着的那只木箱,就带些凄然的样子。它破损不堪,黑乎乎,黏腻腻,看不出一点先前那悦目的绿色。横板上插糖的洞孔,多年来给棒糖的竹棍捅大了,插在上边的棒糖东倒西歪。再看他,那肩上、背上、肚子上、臂上的肉都到哪儿去了呢?饱满的曲线没了,衣服下处处凸出尖尖的骨形来;脸盘仿佛小了一圈,眸子无光,更没有当初左顾右盼、流光四射的精神。这双手尤其使我动心——他分明换了一双手!手背上青筋缕缕,污黑的指头上绕着一圈圈皱纹,好像吐尽了丝而皱缩下去的老蚕……于是,当年一切神秘的气氛和绝世的本领都从这双手上消失了。他抓着两只碗口已经碰得破破烂烂的茶碗,笨拙地翻来翻去,那四个小球儿,一会儿没头没脑地撞在碗边上,一会儿从手里掉下来。他的手不灵了!孩子们叫起来:"球在那儿呢!""在手里哪!""指头中间夹着哪!"在这喊声里,他一慌张,手就愈不灵,抖抖索索搞得他自己也不知道球儿都在哪里了。无怪乎四周的看客只是寥寥一些孩子。

"在他手心里,没错!绝没在碗底下!"有个光脑袋的胖小子叫道。

我也清楚地看到,在快手刘扣过茶碗的时候,把地上的球儿取在手中。这动作缓慢迟钝,失误就十分明显。孩子们吵着闹着叫快手刘张开手,快手刘的手却攥得紧紧的,朝孩子们尴尬地掬出笑容。这一笑,满脸皱纹都挤在一起,好像一个皱纸团。他几乎用请求的口气说:

"是在碗里呢!我手里边什么也没有……"

当年神气十足的快手刘哪会用这种口气说话?这些稚气又认真的孩子们偏偏不依不饶,非叫快手刘张开手不可。他哪能张手,手一张开,一切都完了。我真不愿意看见快手刘这一副狼狈的、惶惑的、无措的窘态。多么希望他像当年那次——由于我自作聪明，揭他老底，迫使他亮出一个捉摸不透的绝招。小球突然不翼而飞，呼之即来。如果他再使一下那个绝招，叫这些不知轻重的孩子们领略一下名副其实的快手刘而瞠目结舌多好！但他老了，不再会有那花好月圆的岁月年华了。

我走进孩子们中间，手一指快手刘身旁的木箱说：

"你们都说错了，球儿在这箱子上呢！"

孩子们给我这突如其来的话弄得莫名其妙，都瞅那木箱，就在这时，我眼角瞥见快手刘用一种尽可能的快速度把手里的小球塞到碗下边。

"球在哪儿呢？"孩子们问我。

快手刘笑呵呵翻开地上的茶碗说：

"瞧，就在这儿哪！怎么样？你们说错了吧，买块糖吧，这糖是纯糖熬的，单吃糖也不吃亏。"

孩子们给骗住了，再不喊闹。一两个孩子掏钱买糖，其余的一哄而散。随后只剩下我和从窘境中脱出身来的快手刘，我一扭头，他正瞧我。他肯定不认识我。他皱着花白的眉毛，饱经风霜的脸和灰蒙蒙的眸子里充满疑问，显然他不明白，我这个陌生的青年何以要帮他一下。

小雨入端午

今日进入端午假日，醒来很早，起身坐在我的"心居"，身闲气舒意定神足。我这心居，不是斋号，乃是在阳台一角搭个棚屋，屋里屋外栽些花草藤蔓，屋间放置老家的绿茶、好吃的零食、有弹性的藤椅和心爱的木狮铁佛陶罐石砚等。这是一己的私人角落。平日在外边跑累了，回来坐在这里聚聚气力，抑或有什么未了的思考，便到这里舒展一下脑袋里的翅膀。

今日，我特意在那个木雕花架上挂了几件艳丽五彩的小物件——丝线粽子。这种端午特有的吉祥小品，给花架上青翠又蓬松的蜈蚣草一衬，端午的气息油然而生。其实，过这种古老的节日，不必太刻意表达什么深刻的精神内涵，随性而自然地享受一下传统情味就是了。

小雨从昨晚就来到我的城市里，此刻依旧未走。雨太小，看不到零零落落的雨点，却见屋外边绿叶被雨点敲得一动一动。

眼瞧着这优美地悬垂着的丝线粽子，悠悠地想起一件相关的老事：

念小学的时候，每逢端午佳节，都是班上同学们缠丝线粽子的一次热潮。大家先用硬纸叠成小小的粽子壳，然后使五彩丝线一道道缠起来，缠的过程中不断改变颜色，最后缠成一个个五彩纷呈却各不相同的小粽子来。这原本是课堂上老师教的一种节日手工，由于大家喜爱，课间休息时也缠，下课后不回家还缠。丝线粽子最大的魅力是，颜色完全任由自己搭配，所以每个人都想缠出一个特别又好看的丝线粽子，向别人显摆。于是，弄得教室满地都是彩色线头，做卫生可就费劲了，那些花花绿绿的小线头一扫全绕在扫帚上，得使好大劲才能摘干净。

缠粽子的丝线都是同学们从家里带来的。那时代母亲们在家都做针线，各色丝线家家都有，关键看谁配色好，想法出奇。

我的班上有一个女生，叫徐又芳——那时的孩子名字都是三个字，大概与家族的字辈有关。记得她高个子，短发，衣着很旧，据说她家里穷，家里没有好看的丝线，就从地上拾别人扔的线头来缠。可是她心细手巧，虽然拾的线头很短，但缠出的粽子反而色彩十分复杂和丰富，斑斓又精细，超过了所有的人。我向她借一个拿回家给母亲看，母亲也连连称赞说，这种缠法要每缠一道线换一个颜色，太难了。我说她的线都很短，只能缠一道，因为她的线是从地上拾的。母亲说：这孩子太可怜了，便用一个木线轴缠了各色的丝线，叫我带给她。

要命的是那时我太不懂事。丰子恺说："孩子的目光是直线的。"其实孩子的一切都是直线的。转天我到班上，把线轴给她，真心地对她说："我母亲说你太可怜了，叫我把这线给你。"

我以为她会高兴，谁料她脸色立刻变得很不好看，只说一句："我不要！"似乎很生气，转身就走，从此便不大搭理我了。一直到小学毕业各奔东西，以后再没有见到她。这个带着对我的误解却无法接受我歉意的女孩如今在哪里？

我当时不明白她何以会那样气愤，后来明白了：

别人的自尊是决不能伤害的。

哪怕是不经意的伤害。伤人自尊，那会是一种很深的伤害。

这事过了差不多六十年。虽然平时不会记起，但每逢端午悬挂丝线粽子时都会想起来。原来它深深地记在我的端午情结里，一年一度提醒着我。

写到此处，小雨似停，天光渐明，外边的朱花碧草像洗过澡一样鲜亮。

老 友

原名：爱在文章外——记孙犁与方纪一次见面

一

外地通晓些文坛事情的人，见到我这副标题便会感到奇怪：孙犁与方纪都是天津的老作家，同居一地，相见何难，还需要以文为记吗？岂非小题大做？

这话说来令人凄然。经历十年磨难，文坛的老作家尚有几位健壮如前者？孙犁已然年近古稀，体弱力衰，绝少参加社会活动，过着深居简出、贪闲求静、以花草为伴的老人生活，偶尔写一写他那精熟练达的短文和小诗；方纪落得右边半身瘫痪，语言行动都很困难，日常穿衣、执物、拄杖，乃至他仍不肯丢弃的嗜好——书法，皆以左手为之。这便是一位以清新隽永的文字长久轻拨人们心弦，一位曾以华丽而澎湃的才情撞开读者心扉的两位老作家的现况。虽然他们之间只隔着十几条街,若要一见,并不比分居异地的两个健康朋友相会来得容易。他们是青年时代的挚友,至今感情仍互相紧紧拴结着,却只能从来来往往的客人们嘴里探询对方的消息。以对方尚且安康为快,以对方一时病困为忧。在这忧乐之间,含着多少深情?

二

方纪现在一句话至多能说五六个字,而且是一字一字地说。一天,他忽然冲动地叫着:

"看、孙、犁!"

方纪是个艺术气质很浓的人。往往又纵情任性。感情叫他做什么,他就做什么。看来他非去不可了。

他约我转天下午同去。第二天我们乘一辆小车去了。汽车停在孙犁住所对面的小街口,我们必须穿过大街。方纪右脚迈步很困难,每一步都是右脚向前先画半个圈儿,落到半尺前的地方停稳,再把身子往前挪动一下。他就这样艰难地走着,一边自言自语、仿佛鼓励自己似的说:

"走、走、走!好、好、好!"

他还笑着,笑得挺快活,因为他马上就要来到常常思念的老朋友的家了。他那一发感触便低垂下来的八字眉，此刻就像受惊的燕子的翅翼，一拍一拍。我知道，这是他心中流淌的诗人易激动的热血又沸腾起来之故。

孙犁住在一个大杂院里，有许多人家。房子却很好，原先是个气派很足的、阔绰的宅子。正房间很大，有露台，有回廊，院子中间还有座小土山，上边杂树横斜，摆布一些奇形怪状的山石，山顶有座式样浑朴的茅草亭。由于日久年长，无人料理，房舍院落日渐荒芜破旧，小山成了土堆，亭子也早已倒掉而废弃一旁。大地震后，院中人家挖取小山的土筑盖防震小屋，这院子益发显得凌乱和败落不堪。那剩下半截的、掏了许多洞的小土山完全是多余的了，成为只待人们清理的一堆废墟。

我搀扶方纪绕过几处防震屋，忽见小土山后边、高高的露台上、一片葱葱的绿色中，站起一个瘦长的老人。头戴顶小檐的旧草帽，白衬衣外套着一件灰粗布坎肩，手拄着一根细溜溜的黄色手杖。面容清癯，松形鹤骨，宛如一位匿居山林的隐士。这正是孙犁。他见我们便拄着手杖迎下来，并笑呵呵地说：

"我听说你们来，两点钟就坐在这里等着了。"

我看看手腕上的表，已经三点半了。年近七十的老人期待他的朋友，在露台的石头台阶上坐等了一个多小时啊……

三

孙犁的房间像他的人。沉静、高洁，没有一点尘污。除去一排书柜和桌椅之外，很少饰物，这又像他的文章，水晶般的透亮，明快，自然，从无雕饰和凿痕。即使代人写序，也直抒心意，毫不客套。他只在书架上摆了一个圆形的小瓷缸，里边用清水泡了几十颗南京雨花台的石子。石子上的花纹甚是奇异，有的如炫目的烟火，有的如迷人的晚霞，有的如缩小了的画家的调色板。这些石子沉在水里，颜色愈加艳美，颗颗都很动人。使我不禁想起他的文章，于纯净透明、清澈见底的感情中，是一个个奇丽、别致、生意盈盈的文字。

孙犁让方纪坐在一张稳当的大藤椅上，给方纪倒水、拿糖，并把烟卷插在方纪的嘴角上，划火点着。两人好似昨天刚刚见过，随随便便东一句西一句扯起来，偶然间沉默片刻也不觉尴尬。有人说孙犁性情孤僻，不苟言笑，那恐怕是孙犁的崇敬者见到孙犁时过于拘谨而感受到的，这种自我感觉往往是一种错觉。其实孙犁颇健谈，语夹诙谐，亦多见地。今天的话大多都是孙犁说的。是不是因为他的朋友说话困难？而他今天话里，很少往日爱谈的文学和书，多是一般生活琐事、麻烦、趣闻。他埋怨每天来访者不绝，难于应酬，由于他无处躲避，任何来访者一推门就能把他找到。他说这叫"瓮中捉鳖"。然后他从抽屉里拿出一个小木牌,上面写着"现在休息"四个字。他说:"我原想用这小牌挡挡来客,但它只在门外挂了一上午,没有挡住来客,却把一个亲戚挡回去了。这亲戚住得很远,难得来一次,谁知他正巧赶上这牌子,这一下,他再也不来了!"说着他摇着头,无可奈何地笑了。逗得我们也都笑起来。

随后,他又同方纪扯起天津解放时刚入城的情景。那时街上很乱。他俩都是三十多岁,满不在乎,骑着车在大街上跑。一个敌人的散兵朝他们背后放了一枪,险些遭暗算。他俩身上也带着枪,忙掏出来回敬两下,也不知那散兵跑到哪里去了。"我们都是文人,哪里会放枪?这事你还记得吗?老方?"孙犁问。

"记得,记得,好、险、呀!"方纪一字一句地说。两人便一阵开心地哈哈大笑。

真险呢!但这早已是过去的事了。谈起往事是开心的,还是为了开心才谈起那些往事?此刻他俩好像又回到那活泼快乐、无忧无虑、生龙活虎的青年时代。

那时,他俩曾在冀中平原红高粱夹峙的村道上骑车竞驰;在乡间驻地的豆棚瓜架下,一个操琴,一个唱戏;在一条炕上高谈阔论后抵足而眠;一起办报,并各自伏在案上不知疲倦地写出一篇又一篇打动读者的文章……

精力、活力、体力，你们为什么都从这两个可爱的老人身上跑走了呢？谁能把你们找回来，还给他们，使他们接着写出《铁木后传》《风云续记》，写出一个个新的、活生生的、连续下来的《不连续的故事》，他们还要一个重返白洋淀，一个再下三峡，用他们珠玑般的文字，娓娓动听地向我们诉说那里今日的风情与景象……

四

坐了一个多小时，我担心两位老人都累了，便搀扶方纪起身告别。走出屋子，孙犁喂养的一只小黄鸟叫得正欢，一盆长得出奇高大、油亮浓绿的米兰，花儿盛开，散着浓浓的幽香。

孙犁说："你们从东面这条道儿走吧，这边道儿平些。我在前面给你们探路。"说着他戴上草帽，拿起手杖走到前面去了。

我帮着方纪挪动他瘫软了的半边身子，一点点前移。孙犁就在前面几步远的地方，用手杖的尖头把地上的小石块一个个拨开。他担心这些碎石块成为朋友行动的障碍。他做得认真而细心，哪怕一个栗子大小的石子，也"嗒"的一声拨到小径旁的乱草丛里去……

这情景真把我打动了，眼睛不觉潮湿了，还有什么比爱、比真诚、比善良的情感更动人吗？这两个文坛上久负盛名的老人，尽管他们的个性不同,文章风格迥然殊别,几十年来却保持着忠诚的友情。世事多磨,饱经风霜,而他们依然怀着一颗孩童般纯真的心体贴着对方,一切仿佛都出自天然……此刻,庭院里只响着方纪的鞋底一下下费力地摩擦地面的声音,并伴随着孙犁的手杖把小石块一个个拨出小径的清脆的嗒嗒声。在这两种奇特声音的交合中,我一下子悟到他们的文章为什么那么深挚动人。不禁想起一位不出名诗人的两句诗:

爱在文章外,
便在文章中。

无意间,我找到了打开真正的文学殿堂的一把金钥匙。

春天最先是闻到的

那时，大地依然一派毫无松动的严冬景象，土地邦硬，树枝全抽搐着，害病似的打着冷颤；雀儿们晒太阳时，羽毛乍开好像绒球，紧挤一起，彼此借着体温。你呢，面颊和耳朵边儿像要冻裂那样的疼痛……然而，你那冻得通红的鼻尖，迎着冷冽的风，却忽然闻到了春天的气味！

春天最先是闻到的。

这是一种什么气味？它令你一阵惊喜，一阵激动，一下子找到了明天也找到了昨天——那充满诱惑的明天和同样季节、同样感觉却流逝难返的昨天。可是，当你用力再去吸吮这空气时，这气味竟又没了！你放眼这死气沉沉冻结的世界，准会怀疑它不过是瞬间的错觉罢了。春天还被远远隔绝在地平线之外吧。

但最先来到人间的春意，总是被雄踞大地的严冬所拒绝、所稀释、所泯灭。正因为这样，每逢这春之将至的日子，人们会格外的兴奋、敏感和好奇。

如果你有这样的机会多好——天天来到这小湖边，你就能亲眼看到冬天究竟怎样退去，春天怎样到来，大自然究竟怎样完成这一年一度起死回生的最奇妙和最伟大的过渡。

但开始时，每瞧它一眼，都会换来绝望。这小湖干脆就是整整一块巨大无比的冰，牢牢实实，坚不可摧。它一直冻到湖底了吧？鱼儿全死了吧？灰白色的冰面在阳光反射里光芒刺目。小鸟从不敢在这寒气逼人的冰面上站一站。

逢到好天气，一连多天的日晒，冰面某些地方会融化成水，别以为春天就从这里开始。忽然一夜寒飙过去，转日又冻结成冰，恢复了那严酷肃杀的景象。若是风雪交加，冰面再盖上一层厚厚雪被，春天真像天边的情人，愈期待愈迷茫。

然而，一天，湖面一处，一大片冰面竟像沉船那样陷落下去，破碎的冰片斜插水里，好像出了什么事！这除非是用重物砸开的，可什么人、又为什么要这样做呢？但除此之外，并没发现任何异常的细节。那么你从这冰面无缘无故的坍塌中是否隐隐感到了什么……刚刚从裂开的冰洞里露出的湖水，漆黑又明亮，使你想起一双因为爱你而无限深邃又默默的眼睛。

这坍塌的冰洞是个奇迹，尽管寒潮来临，水面重新结冰，但在白日阳光的照耀下又很快地融化和洞开。冬的伤口难以愈合。

冬的黑子出现了。

冬天与春天的界限是瓦解。

冰的坍塌不是冬的风景，而是隐形的春所创造的第一幅壮丽的图画。

跟着，另一处湖面，冰层又坍塌下去。一个、两个、三个……随后湖面中间闪现一条长长的裂痕，不等你确认它的原因和走向，居然又发现几条粗壮的裂痕从斜刺里交叉过来。开始这些裂痕发白，渐渐变黑，这表明裂痕里已经浸进湖水。某一天，你来到湖边，会止不住出声地惊叫起来，巨冰已经裂开！黑黑的湖水像打开两扇沉重的大门，把一分为二的巨冰推向两旁，终于袒露出自己阔大、光滑而迷人的胸膛……

这期间，你应该在岸边多待些时候。你就会发现，这漆黑而依旧冰冷的湖水泛起的涟漪，柔软又轻灵，与冬日的寒浪全然两样了。那些仍然覆盖湖面的冰层，不再光芒夺目，它们黯淡、晦涩、粗糙和发脏，表面一块块凹下去。有时，忽然"咔嚓"清脆的一响，跟着某一处，断裂的冰块应声漂移而去……尤其动人的，是那些在冰层下憋闷了长长一冬的大鱼，它们时而激情难捺，猛地蹦出水面，在阳光下银光闪烁打个"挺儿"，"哗啦"落入水中。你会深深感到，春天不是由远方来到眼前，不是由天外来到人间，它原是深藏在万物的生命之中的，它是从生命深处爆发出来的。它是生的欲望、生的能源与生的激情，它永远是死亡的背面。唯此，春天才是不可遏制的。它把酷烈的严冬作为自己的序曲，不管这序曲多么漫长。

追逐着凛冽的朔风的尾巴，总是明媚的春光；所有冻凝的冰的核儿，都是一滴春天的露珠；那封闭大地的白雪下边是什么？你挥动大帚，扫去白雪，一准是连天的醉人的绿意……

你眼前终于出现这般景象：宽展的湖面上到处浮动着大大小小的冰块。这些冬的残骸被解脱出来的湖水戏弄着，今儿推到湖这边儿，明日又推到湖那边儿。早来的候鸟常常一群群落在浮冰上，像乘载游船，欣赏着日渐稀薄的冬意。这些浮冰不会马上消失，有时还会给一场春寒冻结一起，霸道地凌驾湖上，重温昔日威严的梦。然而，春天的湖水既自信又有耐性，有信心才有耐性。它在这浮冰四周，扬起小小的浪头，好似许许多多温和而透明的小舌头，去舔弄着这些渐软渐松渐小的冰块……最后，整个湖中只剩下一块肥皂大小的冰片片了，湖水反而不急于吞没它，而是把它托举在浪波之上，摇摇晃晃，一起一伏，展示着严冬最终的悲哀、无助和无可奈何……终于，它消失了。冬，顿时也消失于天地间。这时你会发现，湖水并不黝黑，而是湛蓝湛蓝。它和天空一样的颜色。

天空是永远宁静的湖水，湖水是永难平静的天空。

春天一旦跨到地平线这边来，大地便换了一番风景，明朗又朦胧。它日日夜夜散发着一种气息，就像青年人身体散发出的气息。清新的、充沛的、诱惑而撩人的，这是生命本身的气息。大地的肌肤——泥土，松软而柔和。树枝再不抽搐，软软地在空中自由舒展，那纤细的枝梢无风时也颤悠悠地摇动，招呼着一个万物萌芽的季节的到来。小鸟们不必再乍开羽毛，个个变得光溜精灵，在高天上扇动阳光飞翔……湖水因为春潮涨满，仿佛与天更近；静静的云，说不清在天上还是在水里……湖边，湿漉漉的泥滩上，那些东倒西歪的去年的枯苇棵里，一些鲜绿夺目、又尖又硬的苇芽，破土而出，愈看愈多，有的地方竟已簇密成片了。你真惊奇！在这之前，它们竟逃过你细心的留意，一旦发现即已充满咄咄的生气了！难道只需一夜春风、一阵春雨或一日春晒，便齐刷刷钻出地面？来得又何其神速！这分明预示着，大自然囚禁了整整一冬的生命，要重新开始新的一轮竞争了。而它们，这些碧绿的针尖一般的苇芽，不仅叫你看到了崭新的生命，还叫你深刻地感受到生命的锐气、坚韧、迫切，还有生命和春的必然。

苦　夏

这一日，终于撂下扇子。来自天上干燥清爽的风，忽吹得我衣飞举，并从袖口和裤管钻进来，把周身滑溜溜地抚动。我惊讶地看着阳光下依旧夺目的风景，不明白数日前那个酷烈非常的夏天突然到哪里去了。

是我逃遁似的一步跳出了夏天，还是它就像七六年的"文革"那样——在一夜之间崩溃？

身居北方的人最大的福分，便是能感受到大自然的四季分明。我特别能理解一位新加坡朋友，每年冬天要到中国北方住上十天半个月，否则会一年里周身不适。好像不经过一次冷处理，他的身体就会发酵。他生在新加坡，祖籍中国河北，虽然人在"终年都是夏"的新加坡长大，血液里肯定还执着地潜藏着大自然四季的节奏。

四季是来自于宇宙的最大的拍节。在每一个拍节里，大地的景观便全然变换与更新。四季还赋予地球以诗，故而悟性极强的中国人，在四言绝句中确立的法则是：起，承，转，合。这四个字恰恰就是四季的本质。起始如春，承续似夏，转变若秋，合拢为冬。合在一起，不正是地球生命完整的一轮？为此，天地间一切生命全都依从着这一拍节，无论岁岁枯荣与生死的花草百虫，还是长命百岁的漫漫人生。然而在这生命的四季里，最壮美和最热烈的不是这长长的夏么？

女人们孩提时的记忆散布在四季，男人们的童年往事大多是在夏天里。这由于，我们儿时的伴侣总是各种各样的昆虫。蜻蜓、天牛、蚂蚱、螳螂、蝴蝶、蝉、蚂蚁、蚯蚓，此外还有青蛙和鱼儿。它们都是夏日生活的主角；每种昆虫都给我们带来无穷的快乐。甚至我对家人和朋友们记忆最深刻的细节，也都与昆虫有关。比如妹妹一见到壁虎就发出一种特别恐怖的尖叫，比如邻家那个斜眼的男孩子专门残害蜻蜓，比如同班一个最好看的女生头上花形的发卡，总招来蝴蝶落在上边；再比如，父亲睡在铺了凉席的地板上，夜里翻身居然压死了一只蝎子。这不可思议的事使我感到父亲的无比强大。后来父亲挨斗，挨整，写检查；我劝慰和宽解他，怕他自杀，替他写检查——那是我最初写作的内容之一。这时候父亲那种强大感便不复存在。生活中的一切事物，包括夏天的意味全都发生了变化。

在快乐的童年里，根本不会感到蒸笼般夏天的难耐与难熬。唯有在此后艰难的人生里，才体会到苦夏的滋味。快乐把时光缩短，苦难把岁月拉长，一如这长长的仿佛没有尽头的苦夏。但我至今不喜欢谈自己往日的苦楚与磨砺。相反,我却从中领悟到"苦"字的分量。苦，原是生活中的蜜。人生的一切收获都压在这沉甸甸的苦字的下边。然而一半的苦字下边又是一无所有。你用尽平生的力气，最终所获与初始时的愿望竟然去之千里。你该怎么想？

于是我懂得了这苦夏——它不是无尽头的暑热的折磨，而是我们顶着毒日头默默又坚忍的苦斗的本身。人生的力量全是对手给的，那就是要把对手的压力吸入自己的骨头里。强者之力最主要的是承受力。只有在匪夷所思的承受中才会感到自己属于强者，也许为此，我的写作一大半是在夏季。很多作家包括普希金不都是在爽朗而惬意的秋天里开花结果？我却每每进入炎热的夏季，反而写作力加倍地旺盛。我想，这一定是那些沉重的人生的苦夏，煅造出我这个反常的性格习惯。我太熟悉那种写作久了，汗湿的胳膊粘在书桌玻璃上的美妙无比的感觉。

在维瓦尔第的《四季》中，我常常只听"夏"的一章。它使我激动，胜过春之蓬发、秋之灿烂、冬之静穆。友人说"夏"的一章，极尽华丽之美。我说我从中感受到的，却是夏的苦涩与艰辛，甚至还有一点儿悲壮。友人说，我在这音乐情境里已经放进去太多自己的故事。我点点头,并告诉他我的音乐体验。音乐的最高境界是超越听觉;不只是它给你,更是你给它。

年年夏日,我都会这样体验一次夏的意义,从而激情迸发,心境昂然。一手撑着滚烫的酷暑,一手写下许多文字来。

今年我还发现,这伏夏不是被秋风吹去的,更不是给我们的扇子轰走的——

夏天是被它自己融化掉的。

因为,夏天的最后一刻,总是它酷热的极致。我明白了,它是耗尽自己的一切,才显示出夏的无边的威力。生命的快乐是能量淋漓尽致地发挥。但谁能像它这样,用一种自焚的形式,创造出这火一样辉煌的顶点?

于是,我充满了夏之崇拜!我要一连跨过眼前的辽阔的秋,悠长的冬和遥远的春,再一次邂逅你,我精神的无上境界——苦夏!

秋天的音乐

你每次上路出远门千万别忘记带上音乐，只要耳朵里有音乐，你一路上对景物的感受就全然变了。

它不再是远远待在那里、无动于衷的样子，在音乐撩拨你心灵的同时，也把窗外的景物调弄得易感而动情。你被种种旋律和音响唤起的丰富的内心情绪，这些景物也全部神会地感应到了，它还随着你的情绪奇妙地进行自我再造，你振作它雄浑，你宁静它温存，你伤感它忧患，也许同时还给你加上一点人生甜蜜的慰藉，这是真正挚友心神相融的交谈……

它河湾、山脚、烟光、云影、一草一木，所有细节都浓浓浸透你随同音乐而流动的情感，甚至它一切都在为你变形，一幅幅不断变换地呈现出你心灵深处的画面。它使你一下子看到了久藏心底那些不具体、不成形、朦胧模糊或被时间湮没了的影像。

于是你更深深坠入被感动的旋涡里，享受这画面、音乐和自己灵魂三者融为一体的特殊感受……

秋天十月,我松松垮垮套上一件粗线毛衣,背个大挎包,去往东北最北部的大兴安岭。赶往火车站的路上,忽然发觉只带了录音机,却把音乐磁带忘记在家,恰巧路过一个朋友的住处,他是音乐迷,便跑去向他借。他给我一盘说是新翻录的,都是"背景音乐"。我问他这是什么曲子,他怔了怔,看我一眼说:

"秋天的音乐。"

他多半随意一说,搪塞我。这曲名,也许是他看到我被秋风吹得松散飘扬的头发,灵机一动得来的。

火车一出山海关,我便戴上耳机听起这秋天的音乐。开端的旋律似乎熟悉,没等我怀疑它是不是真正的描述秋天,下巴发懒地一蹭粗软的毛衣领口,两只手搓一搓,让干燥的凉手背给湿润的热手心舒服地摩擦摩擦,整个身心就进入秋天才有的一种异样温暖甜醉的感受里了。

我把脸颊贴在窗玻璃上,挺凉,带着享受的渴望往车窗外望去,秋天的大自然展开一片辉煌灿烂的景象。

阳光像钢琴明亮的音色洒在这收割过的田野上,整个大地像生过婴儿的母亲,幸福地舒展在开阔的晴空下,躺着,丰满而柔韧的躯体!从麦茬里裸露出浓厚的红褐色是大地母亲健壮的肤色;所有树林都在炎夏的竞争中把自己的精力膨胀到头,此刻自在自如地伸展它优美的枝条；所有金色的叶子都是它的果实，一任秋风翻动，煌煌夸耀着秋天的富有。

真正的富有感，是属于创造者的；真正的创造者，才有这种潇洒而悠然的风度……

一只鸟儿随着一个轻扬的小提琴旋律腾空飞起，它把我引向无穷纯净的天空。任何情绪一入天空便化作一片博大的安寂。这愈看愈大的天空有如伟大哲人恢宏的头颅，白云是他的思想。

有时风云交汇，会闪出一道智慧的灵光，响起一句警示世人的哲理。此时，哲人也累了，沉浸在秋天的松弛里。它高远，平和，神秘无限。大大小小、松松散散的云彩是他思想的片段，而片段才是最美的，无论思想还是情感……

这千形万状精美的片段伴同空灵的音响，在我眼前流过，还在阳光里洁白耀眼。那乘着小提琴旋律的鸟儿一直钻向云天，愈高愈小，最后变成一个极小的黑点儿，忽然"噗"地扎入一个巨大、蓬松、发亮的云团……

我陡然想起一句话：

"我一扑向你，就感到无限温柔啊。"

我还想起我的一句话：

"我睡在你的梦里。"

那是一个清明的早晨，在实实在在酣睡一夜醒来时，正好看见枕旁你朦胧的、散发着香气的脸说的。你笑了,就像荷塘里、雨里、雾里悄然张开的一朵淡淡的花。

接下去的温情和弦,带来一片疏淡的田园风景。秋天消解了大地的绿,用它中性的调子,把一切色泽调匀。和谐又高贵,平稳又舒畅,只有收获过了的秋天才能这样静谧安详。

几座闪闪发光的麦秸垛,一缕银蓝色半透明的炊烟,这儿一棵那儿一棵怡然自得站在平原上的树,这儿一只那儿一只慢吞吞吃草的杂色的牛。

在弦乐的烘托中,我心底渐渐浮起一张又静又美的脸。我曾经用吻像画家用笔那样勾勒过这张脸:轮廓、眉毛、眼睛、嘴唇……这样的勾画异常奇妙,无形却深刻地记住。你嘴角的小涡、颤动的睫毛、鼓脑门和尖俏下巴上那极小而光洁的平面……

近景从眼前疾掠而过,远景跟着我缓缓向前,大地像唱片慢慢旋转,耳朵里不绝地响着这曲人间牧歌。

一株垂死的老树一点点走进这巨大唱片的中间来。它的根像唱针,在大自然深处划出一支忧伤的曲调。心中的光线和风景的光线一同转暗,即使一湾河水强烈的反光,也清冷,也刺目,也凄凉。

一切阴影都化为行将垂暮秋天的愁绪;萧疏的万物失去往日共荣的激情,各自挽着生命的孤单;篱笆后一朵迟开的小葵花,像你告别时在人群中伸出的最后一次招手，跟着被轰隆隆前奔的列车甩到后边……

春的萌动、战栗、骚乱，夏的喧闹、蓬勃、繁华，全都消匿而去，无可挽回。不管它曾经怎样辉煌，怎样骄傲，怎样光芒四射，怎样自豪地挥霍自己的精力与才华，毕竟过往不复。

人生是一次性的，生命以时间为载体，这就决定人类以死亡为结局的必然悲剧。谁能把昨天和前天追回来，哪怕再经受一次痛苦的诀别也是幸福，还有那做过许多傻事的童年，年轻的母亲和初恋的梦，都与这老了的秋天去之遥远了。

一种浓重的忧伤混同音乐漫无边际地散开，渲染着满目风光。我忽然想喊，想叫这列车停住，倒回去！

突然，一条大道纵向冲出去，黄昏中它闪闪发光，如同一支号角嘹亮吹响，声音唤来一大片拔地而起的森林，像一支金灿灿的铜管乐队，奏着庄严的乐曲走进视野。

来不及分清这是音乐还是画面变换的缘故，心境陡然一变，刚刚的忧愁一扫而光。当浓林深处一棵棵依然葱绿的幼树晃过，我忽然醒悟，秋天的凋谢全是假象！

它不过在寒飙来临之前把生命掩藏起来，把绿意埋在地下，在冬日的雪被下积蓄与浓缩，等待下一个春天里，再一次加倍地挥洒与铺张！

远远山坡上，坟茔，在夕照里像一堆火，神奇又神秘，它那里是埋葬的一具尸体或一个孤魂？

既然每个生命都在创造了另一个生命后离去，什么叫作死亡？死亡，不仅仅是一种生命的转换，旋律的变化，画面的更迭吗？那么世间还有什么比死亡更庄严、更神圣、更迷人！为了再生而奉献自己的伟大的死亡啊……

秋天的音乐已如圣殿的声音；这壮美崇高的轰响，把我全部身心都裹住、都净化了。我惊奇地感觉自己像玻璃一样透明。

这时，忽见对面坐着两位老人，正在亲密交谈。残阳把他俩的脸晒得好红，条条皱纹都像画上去的那么清楚。人生的秋天！他们把自己的青春年华、所有精力为这世界付出，连同头发里的色素也将耗尽，那满头银丝不是人间最值得珍惜的吗？

我瞧着他俩相互凑近、轻轻谈话的样子，不觉生出满心的爱来，真想对他俩说些美好的话。我摘下耳机，未及开口，却听他们正议论关于单位里上级和下级的事，哪个连着哪个，哪个与哪个明争暗斗，哪个可靠和哪个更不可靠，哪个是后患而必须……

我惊呆了，以致再不能听下去，赶快重新戴上耳机，打开音乐，再听，再放眼窗外的景物，奇怪！这一次，秋天的音乐，那些感觉，全没了。

"艺术原本是欺骗人生的。"

在我返回家，把这盘录音带送还给我那朋友时，把这话告他。他不知道我为何得到这样的结论，我也不知道他为何对我说："艺术其实是安慰人生的。"

冬日絮语

　　每每到了冬日，才能实实在在触摸到岁月。年是冬日中间的分界。有了这分界，便在年前感到岁月一天天变短，直到残剩无多！过了年忽然又有大把的日子，成了时光的富翁，一下子真的大有可为了。

　　岁月是用时光来计算的。那么时光又在哪里？在钟表上，日历上，还是行走在窗前的阳光里？

　　窗子是房屋最迷人的镜框。节候变换着镜框里的风景。冬意最浓的那些天，屋里的热气和窗外的阳光一起努力，将冻结玻璃上的冰雪融化；它总是先从中间化开，向四边蔓延。透过这美妙的冰洞，我发现原来严冬的世界才是最明亮的。那一如人的青春的盛夏，总有阴影遮翳，葱茏却幽暗。小树林又何曾有这般光明？我忽然对老人这个概念生了敬意。只有阅尽人生，脱净了生命年华的叶子，才会有眼前这小树林一般明澈。只有这彻底的通彻，才能有此无边的安宁。安宁不是安寐,而是一种博大而丰实的自享。世中唯有创造者所拥有的自享才是人生真正的幸福。

朋友送来一盆"香棒",放在我的窗台上,说:"看吧,多漂亮的大叶子!"

这叶子像一只只绿色光亮的大手,伸出来,叫人欣赏。逆光中,它的叶筋舒展着舒畅又潇洒的线条。一种奇特的感觉出现了!严寒占据窗外,丰腴的春天却在我的房中怡然自得。

自从有了这盆"香棒",我才发现我的书房竟有如此灿烂的阳光。它照进并充满每一片叶子和每一根叶梗,把它们变得像碧玉一样纯净、通亮、圣洁。我还看见绿色的汁液在通明的叶子里流动。这汁液就是血液。人的血液是鲜红的,植物的血液是碧绿的,心灵的血液是透明的,因为世界的纯洁来自心灵的透明。但是为什么我们每个人都说自己纯洁,而整个世界却仍旧一片混沌呢?

我还发现,这光亮的叶子并不是为了表示自己的存在,而是为了证实阳光的明媚、阳光的魅力、阳光的神奇。任何事物都同时证实着另一个事物的存在。伟大的出现说明庸人的无所不在;分离愈远的情人,愈显示了他们的心丝毫没有分离;小人的恶言恶语不恰好表达你的高不可攀和无法企及吗?而骗子无法从你身上骗走的,正是你那无比珍贵的单纯。老人的生命愈来愈短,还是他生命的道路愈来愈长?生命的计量,在于它的长度,还是宽度与深度？

　　冬日里，太阳环绕地球的轨道变得又斜又低。夏天里，阳光的双足最多只是站在我的窗台上，现在却长驱直入，直射在我北面的墙壁上。一尊唐代的木佛一直伫立在阴影里沉思，此刻迎着一束光芒无声地微笑了。

　　阳光还要充满我的世界，它化为闪闪烁烁的光雾，朝着四周的阴暗的地方浸染。阴影又执着又调皮，阳光照到哪里，它就立刻躲到光的背后。而愈是幽暗的地方，愈能看见被阳光照得晶晶发光的游动的尘埃。这令我十分迷惑：黑暗与光明的界限究竟在哪里？黑夜与晨曦的界限呢？来自早醒的鸟儿第一声的啼叫吗……这叫声由于被晨露滋润而异样地清亮。

　　但是，有一种光可以透入幽闭的暗处，那便是从音箱里散发出来的闪光的琴音。鲁宾斯坦的手不是在弹琴，而是在摸索你的心灵；他还用手思索，用手感应，用手触动色彩，用手试探生命世界最敏感的悟性……琴音是不同的亮色，它们像明明灭灭、强强弱弱的光束，散布在空间！那些旋律片段好似一些金色的鸟，扇着翅膀，飞进布满阴影的地方。有时，它会在一阵轰响里，关闭了整个地球上的灯或者创造出一个辉煌夺目的太阳。我便在一张寄给远方的失意朋友的新年贺卡上，写了一句话：

　　你想得到的一切安慰都在音乐里。

冬日里最令人莫解的还是天空。

盛夏里，有时乌云四合，那即将被峥嵘的云吞没的最后一块蓝天，好似天空的一个洞，无穷地深远。而现在整个天空全成了这样，在你头顶上无边无际地展开！空阔、高远、清澈、庄严！除去少有的飘雪的日子，大多数时间连一点点云丝也没有，鸟儿也不敢飞上去，这不仅由于它凛冽寥廓，而是因为它大得……大得叫你一仰起头就感到自己的渺小。只有在夜间，寒空中才有星星闪烁。这星星是宇宙间点灯的驿站。万古以来，是谁不停歇地从一个驿站奔向下一个驿站？为谁送信？为了宇宙间那一桩永恒的爱吗？

我从大地注视着这冬天的脚步，看看它究竟怎样一步步、沿着哪个方向一直走到春天。

第四辑 旅行印象

就是在这样的困境中，我触到了人生的真谛。从中掂出种种情义的分量，也看透了某些脸后边的另一张脸。我们总说生活不会亏待人，那是说当生活把无边的严寒铺盖在你身上时，一定还会给你一根火柴。

灵魂的巢

对于一些作家，故乡只属于自己的童年；它是自己生命的巢，生命在那里诞生；一旦长大后羽毛丰满，它就远走高飞。但我却不然，我从来没有离开过自己的家乡。我太熟悉一次次从天南海北，甚至远涉重洋旅行归来而返回故土的那种感觉了。只要在高速路上看到"天津"的路牌，或者听到航空小姐说出它的名字。心中便充溢着一种踏实、一种温情、一种彻底的放松。

我喜欢在夜间回家，远远看到家中亮着灯的窗子，一点点愈来愈近。一次一位生活杂志的记者要我为"家庭"下一个定义。我马上想到这个亮灯的窗子，柔和的光从纱帘中透出，静谧而安详。我不禁说："家庭是世界上唯一可以不设防的地方。"

我的故乡给了我的一切。

父母、家庭、孩子、知己和人间不能忘怀的种种情谊。我的一切都是从这里开始。无论是咿咿呀呀地学话还是一部部十数万字或数十万字的作品的写作；无论是梦幻般的初恋还是步入茫茫如大海的社会。

当然，它也给我人生的另一面，那便是挫折、穷困、冷遇与折磨，以及意外的灾难，比如抄家和大地震，都像利斧一样，至今在我心底留下了永难平复的伤痕。我在这个城市里搬过至少十次家。有时真的像老鼠那样被人一边喊打一边轰赶。我还有过一次非常短暂的神经错乱，但若有神助一般地被不可思议地纠正回来。在很多年的生活中，我都把多一角钱肉馅的晚饭当作美餐，把那些帮我说几句好话的人认作贵人。

然而，就是在这样的困境中，我触到了人生的真谛。从中掂出种种情义的分量，也看透了某些脸后边的另一张脸。我们总说生活不会亏待人，那是说当生活把无边的严寒铺盖在你身上时，一定还会给你一根火柴。就看你识不识货，是否能够把它擦着，烘暖和照亮自己的心。

写到这里，很担心我把命运和生活强加给自己的那些不幸，错怪是故乡给我的。我明白，在那个灾难没有死角的时代，即使我生活在任何城市，都同样会经受这一切。因为我相信阿·托尔斯泰那句话，在我们拿起笔之前，一定要在火里烧三次，血水里泡三次，碱水里煮三次。只有到了人间的底层才会懂得，唯生活解释的概念才是最可信的。

然而，不管生活是怎样的滋味，当它消逝之后，全部都悄无声息地留在这城市中了。因为我的许多温情的故事是裹在海河的风里的；我挨批挨斗就在五大道上。一处街角，一个桥头，一株弯曲的老树，都会唤醒我的记忆，使我陡然"看见"昨日的影像。它常常叫我骄傲地感觉到自己拥有那么丰富又深厚的人生，而我的人生全装在这个巨大的城市里。

更何况，这城市的数百万人，还有我们无数的先辈的人，也都把他们的人生故事书写在这座城市中了。一座城市怎么会有如此庞博的承载与记忆？别忘了——城市还有它自身非凡的经历与遭遇呢！

最使我痴迷的还是它的性格。这性格一半外化在它的形态上，一半潜在它地域的气质里。这后一半好像不容易看见，它深刻地存在于此地人的共性中。城市的个性是当地的人一代代无意中塑造出来的。可是，城市的性格一旦形成，就会反过来同化这个城市的每一个人。我身上有哪些东西来自这个城市的文化，孰好孰坏？优根劣根？我说不好。我却感到我和这个城市的人们浑然一体，我和他们气息相投，相互心领神会，有时甚至不需要语言交流。我相信，对于自己的家乡就像对你真爱的人，一定不只是爱它的优点。或者说，当你连它的缺点都觉得可爱时——它才是你的真爱，才是你的故乡。

一次，在法国，我和妻子南下去到马赛。中国驻马赛的领事对我说，这儿有位姓屈的先生，是天津人，听说我来了，非要开车带我到处跑一跑。待与屈先生一见，情不自禁说出两三句天津话，顿时一股子唯津门才有的热烈与义气劲儿扑入心头。屈先生一踩油门，便从普罗旺斯一直跑到西班牙的巴塞罗那。一路上，说的尽是家乡的新闻与旧闻，奇人趣事，直说得浑身热辣辣，五体流畅，上千公里的漫长的路竟全然不觉。到底是什么东西使我们如此亲热与忘情？

家乡把它怀抱里的每个人都养育成自己的儿子。它哺育我的不仅是海河蔚蓝色的水和亮晶晶的小站稻米，更是它斑斓又独异的文化。它把我们改造为同一的文化血型，它精神的因子已经注入我的血液中。这也是我特别在乎它的历史遗存、城市形态乃至每一座具有纪念意义的建筑的缘故。我把它们看作是它精神与性格之所在，而绝不仅仅是使用价值。

我知道，人的命运一半在自己手里，一半还得听天由命。今后我是否还一直生活在这里尚不得知。但我无论到哪里，我都是天津人。不仅因为天津是我出生地——它绝不只是我生命的巢，而是灵魂的巢。

为周庄卖画

上世纪九十年代初（一九九一年）冬天，我在上海美术馆举办个人画展，其间二位沪中好友吴芝麟和肖关鸿约我去远郊的周庄一游。

那时周庄尚无很大名气，以致我听了反问道：

"值得一去吗？"

二位好友眯着眼笑而不答，似是说："那还用说。"

这眼神看来是周庄最好的广告——诱惑我去。

车子出了城还要走很长的路，随后在一片寂寞又灰暗的村落前停住。车门一开，湿凉的水汽便扑在脸上。水汽中分明还有许多极其细密、牛毛一般的水的颗粒。一股南方的柔情使我心动。

穿入一些窄巷，就是入村了。两边的房子大多关着门板，开了门的里边黑乎乎的也不见人。只有一只黑母鸡带着一群小鸡在巷子里跑来跑去地觅食。村里的人跑到哪里去了？

这天雾大。树枝、檐角、晾衣绳，到处挂着湿雾凝结成的亮晶晶的水珠。时而会有一滴凉滋滋落在头顶或脖梗，顺着后背往下滑。待到了江南水乡的生命线——那种穿村而过的小河边，竟然连河水也看不清。站在石板桥上，如在云端，四外白白的全是流烟，只听得水鸟的翅膀用力扇动浓重的雾气时扑喇喇的声音就在头上边。更奇妙的是，看不见河，却听得到船儿"吱呀呀"的摇橹声穿过脚下的石桥；声音刚在左下边，几下就到右下边去了，也像一只飞鸟。

下了桥，走进一条宽一些的街上，便能看见来来去去的人影子了。古村落的活力从来就是在这样的老街上。

那时候，周庄尚未开发，却有了一点点文化的觉醒。听芝麟说，不久前，周庄刚刚度过九百岁的生日，村民们还在村口立了一块纪念碑呢。芝麟请来当地的一位文物员带领我们走街串巷，一边滔滔不绝地讲着这古村的历史，话里边带着几分自豪。不像后来的旅游向导多是取悦于游客的"买卖腔儿"了。

走进一幢老宅，从砖木的精雕细刻中始知周庄当年的殷富。谁想到文物员一介绍，这老宅竟是江南巨贾沈万山的故居，我马上感觉与周庄有了一种异样的亲切。这缘故，来自童年时心爱的一本厚厚的小人书，叫作《沈万山巧得聚宝盆》。描写心地善良的沈万山贫困交加，走投无路，一头撞向家中破墙，不料在被他撞倒的老墙里，惊现一个巨大的煌煌夺目的聚宝盆——据说是祖辈为了怕家道衰落后人受穷，秘密藏在墙中的。沈万山靠着这个聚宝盆经商发财，并用赚来的钱财济困扶危，赢得一世的赞许。且不论这小人书里有多少虚构，由于它是我儿时崇拜的画家沈曼云所画，便将这本小小的图书视同珍宝。这书一直保存到"文革"，抄家后再也找不到了。以后许多年，每次想起这本失去的书，都会生出一点点怅然，好像失去的不仅仅是这一本书。没想到这早已沉睡在记忆底层的一种情感竟在这湿漉漉而幽暗的老宅里被唤醒了。这老宅外墙的雕砖上还刻着一个精巧的聚宝盆呢！

我情不自禁把这桩童年往事说给文物员听，他笑着对我说，他还能使我对沈万山印象更深一些——请我们一行吃一顿"沈家肘子"。

沈家肘子的确非同寻常。红通通、油亮亮、肥嘟嘟的大肘子端上来时，浓浓的肉香没有入口，已经先钻进鼻孔里。猪肘子有两根骨头，一根圆而粗，一根扁而细。文物员从肘子中将细骨头抽出来。这骨头又扁又长，像一柄白色的刀。拿它在肘子上轻轻一划，毫不用力，肥肥的肉便像水浪一样向两边翻卷。肘子就这样被美妙地切开了。我说就像船桨在水上一划那样。关鸿说："划得大冯口水都出来了。"

中午过后，从沈家走出来，没几步就是河边。此刻，大雾已散。一条被两排粉墙黛瓦的小屋夹峙着的小河,弯弯曲曲伸向远方。周庄的景色真是晴时美,雾中奇——雨里呢?忽然,我注意到远远的有一座两层小楼略略凸出岸边,二层的楼外有一条短短的木梯一直通到下边的水面,那里系着一条轻盈的扁舟。我指着这远处的小楼说,不用画了,这就是画。

文物员告诉我,这座如画的小房子,被称作迷楼。当年这里是个茶馆。柳亚子的南社诸友常聚在这里活动,被人误以为这些才子们叫茶馆主人的一个美丽又娇好的女儿迷住了,还闹出一些笑话来。我说:"看来周庄无处无故事。"这话本该引来文物员更得意的表情,谁料他面露一丝忧愁,还叹了口气。我问他是何原因。这原因出乎我的意料!原来迷楼的主人想拆掉房子,用卖木料的钱去盖一座新房。这是此时周庄流行起来的改善生活的一种做法。很多老房子就这么拆掉了。

我一怔,马上问道:"这座小楼的木料能卖多少钱?"

文物员说:"三万吧。"

我便说:"我来出这笔钱吧。现在正有两位台湾人在上海的画展上想买我的画。我不肯卖,但为了这座小楼我愿意卖。一会儿回上海马上就把画卖掉。咱把这迷楼留住。"

吴芝麟笑道:"大冯也被这迷楼迷住了。"

我也说着笑话:"茶馆老板的女儿至少也得一百岁了吧。"然后认真地对芝麟说:"这房子买下来就交给你们报社吧。今后再有文人来游周庄,便请他们在楼里歇歇腿,饮点茶,吟诗作画,多好。你们就拿这些诗画布置这小楼。"文人的想法总是理想主义的。

朋友们说我这个想法极妙。当日返回上海,联系那两位台湾人,把两幅心爱的小画《落日故人情》和《遍地苏堤》卖掉,得款三万五千元,马上与周庄那位文物员联系。没想到事情不顺,过了几天才有回信。原来房主听说有人想买这座迷楼,猜到此楼不是寻常之物,马上把价钱提高到十万以上。

我一听便急了,还要再卖画,吴、肖二友对我说:"这房子买不成了。等你出到十万,他会再涨价。不过你也别急,你不是怕这房子拆掉吗?这一买一不卖,反而不会拆了。"

此话有理。如此迷楼还立在周庄。

我写此文,不是说我曾经为周庄做过什么努力——我并没为周庄花一分钱的力气,但在周庄遇到的事令当时的我惊讶地看到,在经济生活的转型中,我们的精神家园竟然在不知不觉之中悄然无声地松垮了。一个看不见的时代性的文化危机深深地触动并击醒了我,使我的关注点移到这非同寻常的事情上来。由此,才有了三个月后,我在宁波为了保护贺秘监祠的第一次真正的卖画捐款。

我的文化保护是从周庄为起点的。从周庄思考,从周庄行动。

乡 魂

一

倘若你生长在故乡，那份乡情乡恋牵肠挂肚自不必说；倘若它只是你长辈的故土，你却出生在异地他乡，你对它的印象与情感都是从长辈那里间接获得的，这故乡对你又是怎样一种感觉？

数年前，我应邀与几位作家南下访游古迹名城，依主人安排，途经宁波一日。车子一入宁波，大家还在嘻哈交谈，我却默然不语，脸贴车窗，使劲儿张望着外边景物，急于想抓住什么，好跟心里的故乡勾挂一起。此时我才发现心里的故乡原是空空的。我对自己产生怀疑，面对祖父与父亲的出生地，为何毫无感应？

但它原先只是我一个符号——籍贯啊。

我不是"回"故乡，而是"来"故乡，第一次。为什么回到故乡，故乡反而没了？我渴望与故乡拥抱和共鸣，但我不知道与故乡的情感怎样接通。好似一张琴闲在那儿,谁来弹响,怎么弹响?

二

下车在街上走走,来往行人说的宁波话一入耳朵,意外有种亲切感透入心怀,驱散了令我茫然的陌生。

我很笨,一直没从祖父和父亲那里学会宁波话。但这特有的乡音仿佛是经常挂在他们嘴边的家乡的民歌,伴随着我的童年与少年。那时,尤其是来串门看望祖父的爷爷奶奶们,大都用这种话与祖父交谈。父亲平时讲普通话,逢到此时便也用这种怪腔怪调加入谈话,好像故意不叫我听懂,气得我噘起小嘴,抗议。那些老爷爷老奶奶们便说笑话逗我、哄我,但依然还说那种难懂的宁波话……这曾经叫我又气又恨的话,为什么此刻有如施魔法时的咒语,一下子把依稀往事、把不曾泯灭的旧情、把对祖父与父亲那些活生生的感觉,全都召唤回来,并逼真地、如画一般地复活了?

在天童寺,一位老法师为我们讲述这座古寺非凡的经历。他地道的宁波口音叫我如听阿拉伯语,全然不懂,我便有机会仔细去看这法师的仪容,竟然发现他与祖父的模样很像:布衣布袜,清瘦身子,慈眉善眼,尤其是光光的头顶中央有个微微隆起的尖儿。

北方大汉剃了光头，见棱见角，又圆又平；宁波人歇顶后，头顶正中央便显露出这个尖儿来，青亮青亮，仿佛透着此地山水那种聪秀的灵气。我觑起眼睛再感觉一下，简直就是祖父坐在那里说话！

祖父喜欢用薄胎细瓷的小碟小碗吃饭。他晚年患糖尿病，吃米都必须先用铁锅炒过再煮。他从不叫我吃他的饭，因为炒过的米不香，也少了养分。宁波临海，吃起海鲜精熟老到。祖父吃清蒸江螺那一手真叫空前绝后，满满一勺入口，只在嘴里翻几翻，伴随着吱吱的吸吮声，再吐出来便都是玲珑精巧的空壳了。每次吃江螺，不用我邀请，祖父总会令人惊叹又神气十足地表演一番。这绝招只有父亲吃鱼吐刺的本事可以媲美。然而，祖父，你如今在哪儿呢？我心头情感一涌，忽然张开眼睛，想对老法师大叫一声：爷爷！

奇怪，祖父是在我十岁那年去世的，三十年过去了，什么缘故使我要隔着岁月烟尘并如此动情地呼叫他呢？

是我走到故乡来了，还是故乡已然悄悄走进我的心中？

三

前两年，我去新加坡为"华人文艺营金狮文学奖"评奖。忽有十几位上了年纪的华人到宾馆来访，见面先送我一本刊物，封面上大写一个"冯"字。原来都是此地冯氏宗亲会的成员。华人在海外谋生，身孤力单需要支持，便组织各种同乡同族的会，彼此依傍，守望相助。每每同乡同族人有了难题，便一齐合力解纷；若是同乡同族人有了成就，就视为共荣，同喜同贺。一位冯姓长者对我说：

"你是咱冯家的骄傲啊。"

此时我多么像在家人中间！

张张陌生的面孔埋藏着遥远的亲切。我在哪里曾经与他们相关相连？唐宋还是秦汉？我想起在黄河边望着它烟云迷漫、波光闪耀的来处，幻想着它万里之外那充满魅力的源头。同国、同乡、同肤、同姓，都有一种共同的源头感。有着共同源头的人，身上必定潜藏着一个共同的生命密码，神秘地相牵。

我望见坐在侧面的一位老者清瘦、文弱、似曾相识的面孔，心有所动，问道：

"你家乡在哪儿？"

"宁波。"他一开口，便依然带着很重的乡音。

我听了，随即说：

"我们五百年前是一家，我老家也在宁波。"

他马上叫起来："现在就是一家，我们好近呀！"随即急渴渴向我打听故乡的情形。

多亏我头年途经故乡,有点见闻,才不致窘于回答。他一边听我讲,一边忽而大发感慨:"全都不一样了,不一样了……"忽而冲动地站起来,手一指,叫着:"那是伯伯带我去捉鱼的地方!"然后逼我讲出更多细节,仿佛直要讲得往事重现才肯作罢。

我怕冷落了同座其他人,才要转换话题,那些人却笑眯眯摆手说:

"不碍事,你再给他多讲讲吧……"

他们高兴这样旁听,直听得脸上全都散发出微醺的神气,好像与我的这位老乡分享着一种特殊的幸福,那便是得以慰藉的乡恋。

这老乡情不自禁把座椅一步步挪到我身前,面对面拼命问,使劲儿听。可惜我只在故乡停了一天,说不出更多见闻。但我发现,我随便扯些街道的名称、旧楼的式样、蔬菜的种类,他也都视如天国珍闻,引发他一串串更多的问题,以及感叹和惊叫。我更感到故乡伟大而神奇的力量。它像一块巨大的磁石,牢牢吸住一切属于它的人们,不管背离它多久多远。似乎愈远愈久便愈感到它不可抗拒的引力……在我与这异国的华裔老乡分手之时,心中升起一份歉意。我想,我那次在故乡应该多住上几天,为了他,也为了我自己。

细雨探花瑶

不管雨里的山路多湿滑,不管不断有人说"你别把冯先生扯倒",老后还是紧抓着我的手往山上拉,恨不得一下子把我拉到山顶,拉进那个花团锦簇的瑶乡。这个瑶乡有个可以入诗的名字:花瑶。

花瑶,得名于这个古老的瑶族分支对衣装美的崇尚。然而,隆回县政府为花瑶正式定名却是上世纪末的事。这和老后不无关系。

老后是人们对他的昵称。他本名叫刘启后,一位从摄影家跨越到民间文化保护领域的殉道者。我之所以用"殉道者",不用"志愿者"这个词儿。是因为志愿多是一时一事,殉道则要付出终生。

为了不让被声光化电包围着的现代社会,忘掉这个深藏在大山深处的原生态的部落,二十多年来,他从几百里以外的长沙奔波到这里,来来回回已经二百多次,有八九个春节是在瑶寨里度过的，家里存折的钱早叫他折腾光了。

也许世人并不知道老后何许人，但居住在这虎形山上的六千多花瑶人却都识得这个背着相机、又矮又壮、满头花发的汉族汉子，而且没人把他当作外乡人。花瑶人还知道他们的"呜哇山歌"和"桃花刺绣"列入国家非物质文化遗产名录，老后是有功之臣，他多年收集到的大量的花瑶民歌和桃花图案派上了大用场！记得前年，老后跑到天津来找我，提着沉甸甸一书包照片。当时他从包里掏出照片的感觉极是奇异，好像忽然一团团火热而美丽的精灵往外蹿。原来照片上全是花瑶。那种闪烁在山野与田间的红黄相间火辣辣的圆帽与缤纷而抢眼的衣衫，还有种种奇风异俗，都是在别的地方绝见不到的。我还注意到一种神秘的"女儿箱"的照片。女儿箱是花瑶妇女收藏自己当年陪嫁的花裙的箱子，花裙则是花瑶女子做姑娘时精心绣制的，针针倾注对爱情灿烂的向往，件件华美无比。它通常秘不示人，只会给自己的人瞧。看来，老后早已是花瑶人真正的知己了。

老后问我："我拉你是不是太用力了？"

我笑道："其实我比你心还急呢。你来了多少次，我可是头一次来呵。"

这时，音乐声与歌声随着霏霏细雨，忽然从天而降。抬头望去，面前屏障似的山坡上、参天的古树下，站满了头戴火红和金黄相间的圆帽、身穿五彩花裙的花瑶女子。那种异样又神奇的感觉，真像九天仙女忽然在这里下凡了。跟着是山歌、拦门酒，又硬又香的腊肉，混在一大片笑脸中间，热烘烘冲了上来。一时，完全忘了洒在头上脸上的细雨。而此刻老后已经不再前边拉我，而是跑到我身后边推我，他不替我挡酒挡肉，反倒帮着那些花瑶女子拿酒灌我。好像他是瑶家人。

在村口，一个头缠花格布头布的老人倚树而立，这棵树至少得三个人手拉手才能抱过来。树干雄劲挺直，树冠如巨伞，树皮经雨一浇，黑亮似钢。站在树前的老人显然是在迎候我们。他在抽烟，可是雨水已经淋湿了夹在他唇缝间的半支烟卷，烟头熄了火。我忙掏出一支烟敬他。老后对我说："这老爷子是老村长。大炼钢铁时，上边要到这儿来伐古树。老村长就召集全寨山民，每棵树前站一个人。老村长喊道：'要砍树就先砍我！'这样，成百上千年的古树便被保了下来。"

古树往往是跟古村或古庙一起成长的。它是这些古村寨年龄尊贵的象征。如今这些拔地百尺的大树，益发葱茏和雄劲，好似守护着瑶乡，而这位屹立在树前的老村长不正是这些古树和古寨的守护神吗？我忙掏出打火机，给老人点燃。老人用手挡住火，表示不敢接受。我笑着对他说："您是我和老后的'师傅'呀！"

他似乎听不大懂我的话。

老后用当地的话说给他听。他笑了,接受我的"点烟"。

待入村中,渐渐天晚,该吃瑶家饭了。花瑶姑娘又来唱着歌劝酒劝吃了。她们的歌真是太好听了。听了这么好听的歌,不叫你喝酒你自己也会喝。千百年来,这些欢乐的歌就是酒的精魂。再看屋里屋外的花瑶姑娘们,全在开心地笑,没人不笑。

所有人都是参与者,没有旁观者,这便是民俗的本质。

老后更是这欢乐的激情的参与者。他又唱歌又喝酒又吃肉。唱歌的声音山响;姑娘们用筷子给他夹的一块块肉都像桃儿那么大,他从不拒绝;一时他酒兴高涨,就差跳到桌上去了。

然而,真正的高潮还是在饭后。天黑下来,小雨住了。在古树下边那块空地——实际是山间一块高高的平台上,燃起篝火,载歌载舞,这便是花瑶对来客表达热情的古老的仪式了。

亲耳听到了他们来自远古的呜哇山歌了,亲眼瞧见他们鸟飞蝶舞般的咚咚舞、"桃花裙"和"米酒甜"了,还有那天籁般的八音锣鼓。只有在这大山空阔的深谷里,在回荡着竹林气息的湿漉漉的山里,在山民有血有肉的生活中,才领略到他们文化真正的"原生态"。其他都是一种商业表演和文化作秀。

人们在秋收后跳起庆丰收的舞蹈时,心中按捺不住喜悦的心情和驱邪的愿望是舞蹈的灵魂;如果把这些搬到大都市的舞台上,原发的舞蹈灵魂没了,一切的动作和表情都不过是"丰收秀"而已,都只是自己在模仿自己。

今天有两拨人也是第一次来到花瑶的寨子里。他们不是客人，而是隆回一带草根的"文化人"。一拨人是几个来演"七江炭花舞"的老人。他们不过把吊在竹竿端头的一个铁篮子里装满火炭，便舞得火龙翻飞，漫天神奇。这种来自渔猎文明的舞蹈，天下罕见，也只有在隆回才能见到。

还有一拨人，多穿绛红衣袍，神情各异，气度不凡。他们是梅山教的巫师，都是老后结交的好友。几天前老后用手机发了短信，说我要来。他们平日人在各地，此时一聚，竟有五十余人。诸师公没有施法，演示那种神灵显现而匪夷所思的巫术，只表演一些武术和硬软气功，就已显出个个身手不凡，称得上民间的奇人或异人。

花瑶的篝火晚会在深夜中结束。

在我的兴高采烈中，老后却说："最遗憾的是您还没看到花瑶的婚俗，见识他们'打泥巴'，用泥巴把媒公从头到脚打成泥人。那种风俗太刺激了，别的任何地方也没有。"

我笑道："我没看见什么，你夸什么。"

老后说："我是想叫你看呀。"

我说："我当然知道。你还想让天下的人都来见识见识花瑶！"

这话叫周围的人大笑。笑声中自然有对老后的赞美。

如果每一种遗产都有一个"老后"这样的人守着它多好！

大雪入绛州

在禹州考察完钧瓷古窑出来，雪花纷纷扬扬，扑面而来，这雪花又大又密，打在脸上有种颗粒感。按计划要取道郑州和洛阳而西，经三门峡逾黄河北上，去新绛考察那里的年画。现今全国的十七个主要的年画产地中，就剩下晋南新绛一带的年画的普查还没有启动。晋南年画历史甚久，现存最早的年画就出自北宋时代晋南的平阳（临汾）。这一带很多地方都产年画。除去临汾，新绛和襄汾也是主要的产地。二十世纪八十年代末我在京津一带的古玩市场曾买到过一些新绛的古画版。历史最久的一块画版《和合二仙》应是明代的。这表明新绛的年画遗存在二十年前就开始流失了。它原有的历史规模究竟如何、目前状况怎样、有无活态的存在，心中毫无底数。是不是早叫古董贩子全折腾一空了？

车子行到豫西，没想到雪这么大，还在河南境内就遇到严重的塞车。大量的重型载重卡车夹裹着各色小车像漫无尽头的长龙，一动不动地趴在公路上。所有车顶都蒙着厚厚的白雪,至少堵了一天了吧。我们想出各种办法打算绕过这一带的塞车,但所有的国道和小路也全都堵得死死的。在大雪里我们不懈地奋斗到天黑,又冷又饿,直把所有希望都变成绝望,才不得已滞留在新安县一家旅店中。不知何故,这家旅店夜间不供暖气,在冰冷的被窝里我给同来的助手发了一个短信:"我有点顶不住了,再找机会去绛州吧!"然而,清晨起来新绛那边派人过来,居然还弄来一辆公路警车,说山西那边过来的路还通,要我跟他们伐着道儿去山西。盛情难却,只好顶着风雪也顶着迎面飞驰而来的车辆,逆行北上,车子行了五个小时总算到了新绛。

用餐时,当地主人要我先不去看年画,先去看光村。光村的大名早就听到过。还知道北齐时这村子忽生异光,因名光村。主人说,你只要去了就不会后悔,村里到处扔着极精美的石雕,还有一座宋代的小庙福胜寺,里边的泥彩塑是宋金时代的呢。我明白,他们想叫我们看看光村有没有保护价值,怎么保护和开发。而今年春天我们就要启动全国古村落的普查,听说有这样好的村落,自然急不可待地要去,完全忘了脚底板已经快冻成"冰板"了。

雪里的光村有种奇异的美。但我想,如果没有雪,它一定像废墟一样破败不堪。然而此刻,洁白的雪像一张巨毯把遍地的瓦砾全遮盖起来,连残垣断壁也镶了一圈白绒绒的雪,只有砖雕、木拱和雀替从中露出它们历尽沧桑而依然典雅又苍劲的面孔。令我惊讶的是,千形百态精美的石雕柱础随处可见。还有不少石础被雪盖着,看不见它的真容,却能看见它一个个白皑皑、神秘而优美的形态。它们原是各类大型建筑坚实又华贵的足,现在那些建筑不翼而飞,只剩下这些石础丢了满地。光村原有几户颇具规模的宅院,从残余的一些楼宇中可见其昔日的繁华并不逊色于晋中那些大院。但如今损毁大半,而且毫无保护措施。连村中那座被列为国家文物保护单位的福胜寺中的宋金泥塑,也只是用塑料遮挡起来罢了。我心里有些发急,抢救和保护都是迫在眉睫了。根据光村的现状,我建议他们学习晋中王家大院和常家庄园在修复时所采用将散落的古民居集中保护的"民居博物馆"的方式。但这需要请相关专家进一步论证,当务急需的是不叫古董贩子再来"淘宝"了。因为刚刚从村民口中得知最近还有一些石雕的柱础与门狮被贩子买去了。近二十年来,那些懂得建筑文化的建筑师们大多在城里为开发商设计新楼,经常关心这些古建筑艺术的却是不辞劳苦和络绎不绝的古董贩子们,这些古村落不毁才怪呢。

从光村回到新绛县城后,这里的鼓乐团的团长听说我来新绛,特意在一座学校的礼堂演一场"绛州鼓乐"给我们看。绛州鼓乐我心仪已久。开场的《杨门女将》就叫我热血沸腾,十几位杨氏女杰执槌击鼓,震天动地。一瞬间把没有暖气的礼堂中的凛冽的寒气驱得四散。跟下来每一场演出都叫人不住喊好。演出的青年人有的是当地的专业演员，有的是艺校学员。应该说这里鼓乐的保护与弘扬做得相当有眼光也有办法。他们一边把这一遗产引入学校教育，从娃娃开始，这就使"传承"落到实处；另一边将鼓乐投入市场，这也是促使它活下来的一种重要方式。目前这个鼓乐团已经在市场立住脚跟，并且远涉重洋，到不少国家一展风采。演出后我约鼓乐团的团长聊一聊，团长是位行家，懂得保护好历史文化的原汁原味，又善于市场操作。倘若没有这样一位行家，绛州古乐会成什么样？由此联想到光村，光村要是有这样一位古建方面的行家会多好啊！

相比之下，新绛的年画也是问题多多。

转天一早，当地的文化部门将他们保存的新绛年画的古版与老画摆满一间很大的屋子。单是古版就有近二百块。先前，新绛的年画见过一些，但总觉得它是古平阳年画的一个分支，比较零散。这次所见令我吃惊。不单门神、戏曲、风俗、婴戏、美人、传说等各类题材，以及贡笺、条幅、横披、灯画、桌裙、墙纸、拂尘纸、对子纸等各种体裁应有尽有，而且套版、手绘、半印半绘等各类制作手法也一应俱全。其中一种门神是《三国演义》中的赵云，怀里露出一个孩童——阿斗光溜溜的小脑袋，显然这门神具有保护儿童的含意。还有一块《五老观太极》的线版，先前不曾见，应是时代久远之作。特别是十几幅美人图，尺寸很大，所绘人物典雅端庄，衣饰华美，线条流畅又精致，与杨柳青年画的"美人"有着鲜明的地域差异，富于晋商辉煌年代的华贵气质和中原文明的庄重之感。看画时，当地负责人还请来两位当地的年画老艺人做讲解。经与他们一聊，两位艺人都是地道的传人。所谈内容全是"口头记忆"，分明是十分有价值的年画财富，对其普查——尤其是口述史调查需要尽快来做了。只有把新绛年画普查清楚，才能彻底理清晋南年画这宗重要的文化遗产。可是谁来做呢？当地没有专门从事年画研究的学者，没有绛州古乐团的团长那样的人物，正为此，至今它还是像遗珠一般散落在大地上。这也是很多地方文化遗产至今尚未摸清和整理出来的真正缘故。而一些宝贵的文化遗产在无人问津之时就已经消失了。

雪下得愈来愈大，高速公路已经封了。原计划下一站去介休考察清明文化已经无法成行。在回程的列车上，我的心里真是五味杂陈。三晋大地文化遗存之深厚、之灿烂令我惊叹，但这些遗存遍地飘零并急速消失又令人痛惜与焦急。几年来我们几乎天天为一问题而焦虑：从哪里去找那么多救援者和志愿者？到底是我们的文化太多了、专家太少了，还是专家中的志愿者太少了？

我望着窗外，外边的原野严严实实而无声地覆盖着一片冰雪。

地中海的菜单

如果想从一种食物来认识一个地方的风物与文化，就去法国南部蓝色海岸边的尼斯，吃一盘取自地中海的海鲜吧！

这种盘子最小也得六十厘米，大的接近一米。但绝不是什么精工细制，更没有巧手巧做。它只是从地中海蓝绿色的海水中，捞出这些海鲜，比如龙虾呀、乌鱼呀、海鳗呀、海贝呀、狼鱼呀等，然后用水煮一煮，绝不煎炒烹炸，也不放任何作料，捞出来就满满地堆在一个大铁盘子上。下边铺了一层冰。冰儿冒着烟。海鲜又热又凉，非常适口。煮熟的贝壳甲皮赤红如醉汉，煮熟的虾肉蟹肉嫩白如娇娘。只要吃过这种海鲜，这鲜味至少要在嘴唇上挂一个月！随时一吮嘴唇，味儿鲜鲜地还在。我家在津门，近海吃海，常见海鲜。但与地中海的海鲜一比，我这里的只能称作海货。

南部法国人这种海鲜的吃法十分原始。但是他们知道，唯其这样，才见海鲜本色。这红彤彤亮闪闪的一盘，就是地中海奉献给他们的全部精华。而南部海岸那一串珍珠般的城市,蒙顿、尼斯、安提布、戛纳、土伦、马赛、蒙彼利埃等,不都是这辽阔又富饶的地中海养育出来的吗?地中海有多富?吃过这海鲜盘就会知道。每根龙虾的须子里,都可以剥出一根面条似的虾肉来!

于是,这些懂得享受海鲜的南部法国人,自然也就懂得享受生活的至美——纯朴。他们同样只要生活的原汁原味,不加作料,不尚豪华与流行,不向往"高楼平地起"和"夜里亮起来"。一位马赛人对我说,高楼大厦和灯火通明是美国方式,一种暴发户的文化。所以在马赛很少见到玻璃幕墙。如果南部人富了,他们反而更喜欢离开城市,归返乡间。比如搬到圣托贝(St.Topez)去,那里的窗子全部面对大海,窗框中终日是一片温和的蓝色。除去蓝色一无所有。偶尔才会有一种黄嘴灰翅、白肚黑尾、胖胖的海鸥落在窗台上,隔着玻璃傻傻地向屋里看。那便是地中海送来的问候了。

大自然对人的恩赐,无论贫富,一律平等。所以南部人对于大自然,全都一致并深深地依赖着。尤其在大地田野上,上千年来人们一直用不变的方式生活着。种植庄稼和葡萄,酿酒和饮酒,喂牛和挤奶,锄草和栽花;在周末去教堂祈祷和做礼拜,在节日到广场拉琴、跳舞和唱歌;往日的田园依旧是今日的温馨的家园。这样,每个地方都有自己的传说,风俗也就衍传了下来。

最能展示这种乡间风情的便是周末的农艺市场。这一天，人们总是把自己手工制作的食品、器具和手工艺品用车拉到市镇上，在大街上临时摆起一个集市。蜂蜜、面包、斧头、木桶、草帽、陶器、台灯、烛碗、糖果、雨伞、钟表，以及各式各样的摆件与壁挂等，五花八门，应有尽有。他们出售这些物品的同时，彼此之间也买也卖，保持一种原始的以物易物的交换方式。这些日常用品，又是他们的生活艺术。应用物品的艺术化是他们的传统。每个地方器物的造型、图案、色彩，都带着他们独有的地域印记，以及那里诱人的风格与魅力。比如普罗旺斯的陶瓷全是黄色的。黄得像蛋黄，鲜亮又芬芳。可是只要一离开普罗旺斯，马上就再也看不到这种黄澄澄的陶具了。

在这种集市上，还能结识到一些很独特的民间艺术家。一个周末在艾克斯，我们碰到了一位"树叶画家"。她的"独门绝技"是树叶作画。她使用当地特有的奇形怪状的树叶，画上一些乡间生活画面。她画的是油画，笔触细小，很精心，又很稚拙，颇有乡土的味道。大画家画不出这种乡土味，民间的味道只能来自民间。她说这一招绝技是她自己创造的。每逢秋日，树叶纷纷落下。每片落叶都很美丽，也很可惜。为什么不画上图画，把它保留下来呢？于是她的艺术生活就开始了。这个南部女子的艺术，缘起一种对自然的深情，听起来挺动人。

传统、民间、历史和大自然都是生活之本。当整个世界都陷入声光化电的现代生活，法国的南部人却依然故我地守在生活史的源头。故而，在南部可以看到更多古老的民间文化，以及那种世代传承的民间艺人。比如那些耍木偶的，演奏"音乐车"的，剪纸的。有一种很古老的剪纸，属于肖像剪纸。在照相术发明之前，从宫廷到民间都很流行。它靠着对轮廓线上的个性细节的把握和强调，就能将人物神气活现地"剪"出来。这种神奇而古老的剪纸如今在南部大小城市的街头还能见到呢！然而，这些传统的艺术并非以其"民族特色"去招徕旅游者。它们依然是南部人一种活着的自恋的文化方式。

法国南部的边境线就是一条海岸线。

驱车在沿海的公路飞驶，向东穿过小小的摩纳哥，便是意大利；向西一直可以抵达西班牙。无论向东还是向西，车窗上总是有一面，好像平贴着一块蓝色的透明的塑料板。多情的地中海紧紧跟随着我们。为此，南部人给海岸一个爱称，叫作"蔚蓝海岸"。任何人瞅着万顷碧蓝的大海，脑袋里都会不绝地跳跃出非世俗的奇想。所以不少画家都离开了世事纷纭的大都市，来到这里，向大海索取灵性。比如夏加尔、米罗、马蒂斯、布洛克等。大海促成了一大批大画家。它让艺术家心灵发狂，情感燃烧，想象奔驰。更重要的是，它放纵了南部人的精神。在法国，像尼斯一带圣保罗德旺斯那样飘着油画颜料气味的"画家村",大概只有南部才有。

地中海不仅给法国人以丰美的海鲜,还有精神的浪漫。法国南部给我最深刻的印象是:生活的守旧与精神的浪漫——奇妙的统一!

有人把浪漫解释为性的开放,这真是天大的误解。浪漫是针对束缚而言的。人的最大的束缚是自己创造的历史与人文;浪漫则是让天性钻出历史与人文的缠裹,自由自在地放任一下。

说美国人

一说美国人

在印第安纳州的伯明顿小城,我去拜访当地一位很有名望的篮球教练。他办公室设在体育馆内。进门就见一大堆漂亮的奖杯和花花绿绿的队旗中间,挂块牌子,写着这教练的一句话:

"我的客人脸上总是带着笑,无论是进来的,还是出去的。"

未见其人,先知其性格。表现个性是美国人最快乐的事,喜怒哀乐形于色,他们没有人生在世要如何做人的观念。自己为人处世无需由别人承认,也不追求与别人一致,我就是我,因此一个美国人一个样。

我夏天里遇到过一位美国教授,他穿一件衬衫,上衣的第二个扣儿敞着,露出胸脯粗糙的皮肤,衬衣口袋插着十几支笔,好像笔筒。他给我留地址时,先抽出支圆珠笔写几个字,似乎觉得不舒服，又换另一支笔。写这几行字之间就换了三支笔。冬天里我又见到他。他穿件皮夹克，拉链拉了一半，里边的衣服还是没扣扣儿，露在外边的皮肤给冷风吹得通红，皮衣胸前的口袋依旧老样子——插着十多支笔。他说他搬了家，又写地址，几行字又是换了几次笔。他并不觉得自己怪。他说换笔可以提兴致。我想我写东西时也有这种感觉。但我不会这么做。因为他是美国人。

中国人对人的赞扬是"老实"。一个美国人对我说，他不懂"老实"的实质指什么，是守本分，不欺诈，还是顺从听话。他往往听中国人介绍张三"人很老实"，又介绍李四"不错，挺老实"，可是相处一段时间，发现张三和李四完全不同，弄糊涂了。他说，老实好像一块布，把人遮起来。又说，他们对人的最高评价是"坦率"，不管你的想法怎么样，肯都说出来就好。

他们帮人做事谈报酬时从不客气。价钱讲在明处，很少当面不好意思讲，背后抱怨不合算。相互之间要分得一清二楚，承担责任要摆在前边，所尽义务全由自愿。你跟他们谈这种事时也要直截了当，他们不会因此轻看你，因为这对他们理所当然。

每个人各做各的事，很少相互比较。我的一位搞汉学的美国朋友每月收入八百美元，很低，远不如搞别的收入高。但他过得非常快活，因为他做自己愿意做的事。美国人不习惯与别人比较。你富是你的事，与我无关；可是往往街上遇到一个乞丐，你问美国朋友，他多半会说，谁知道，也许他高兴这么做。谁也不关心别人。当然他们相信这世上确有许多穷苦无助的人，他们会把自己多余的日用品送到教堂，任穷人去取。但那些人是谁，他们也不问。美国虽然开放，由于他们过分自我，对与自己无关的事情了解并不多。我与一个美国搞电脑的青年人聊天时发现，他还不知道中美早已建交。中国在美国知名度最高的却是熊猫，远不如中国青年对美国了解得更多。

再说美国人

在美国饭店中常可以看见一张招贴画，画一个人坐在椅子上，椅子背后还站着一个人，伸出双臂紧紧勒住他的腹部。这招贴画告诉你，一旦出现异物卡住喉咙应该怎么办。

美国人性急，吃饭卡住喉咙是常有的事。美国菜中的鱼一般是无刺的，和这些急脾气的食客找麻烦的，经常是大肉骨头。

公共场所许多售货机的铁皮箱，上边有许多大瘪坑，大都是机器发生故障时，丢进钱后东西出不来，叫性急的美国人踹的。

性急却不能侵犯别人。要想保护住自我，必须不去触犯别人的自我。包括绝对不能在排队时"加塞儿"，在剧场、饭馆不能大声说话影响别人，走路不能挤人、碰人，甚至不能在别人面前嚼冰块，使人听起来不舒服。还有便是不能随便问人年龄。至于打听人家收入、存款和家庭情况，探问人家的私生活内容，这涉及隐私权，会遭到强烈反感。美国人对别人的私事不感兴趣，很少干涉。

葛浩文——我最钦佩的一位美国汉学家——他说："我们最讲享受。"

这话不错。他们床上沙发上地毯上扔了许多软靠垫，怎么舒服就怎么拉过来一垫。大饭店都有个特别售货窗口，开车来买饭，到窗口前一停，不必下车，打开车窗就全办了。许多服务性企业也有这样的窗口，比如到银行取款等。还有种汽车电影院，开车进去，找到席位（实际是停车位），就在车里看电影。他们所说的享受并非坐享其成，而是享受生活。美国的服务机构尽量满足他们这种特性。简化手续，提供方便，许多公共场所都有自动售货机。大商场有银行设置的电脑取款机。投入信用卡，在按键上按出所需钱数，钞票会自动出来。这种设置在欧洲的国家都远不如美国普遍。所以有人说美国人很懒，但他们玩的时候却很卖力气。

美国人一周工作五天。周五晚大多去采购东西，周六一早便外出度假，尽情玩上两天，周日晚回家。我在爱荷华时，每逢星期天黄昏就见一辆辆车从郊外往回跑。一家人坐在车里，车顶上放着折叠帐篷或游湖用的小舢板。有的在车后拴一些空的饮料罐子，拖在地上哗哗响，表示他们玩得很开心。还不时从车里发出一声兴奋的尖叫，好似余兴未尽，再发泄一下。

水下结婚，从几十层楼往下跳，十一岁儿童开飞机都是美国人干的。大概由于最早由欧洲和非洲到美国的移民都是拓荒者，冒险精神混在他们遗传因子中。做父母的不大担心孩子磕着碰着，这也去禁止那也去阻拦，往往眼瞅着自己两三岁的孩儿从草坡往下翻滚，高兴得连喊带叫。

他们冒险好走极端，所以《吉斯尼世界纪录大全》经常记录他们的姓名。在中国人认为不值得玩命的事，往往他们却付出性命。美国人最喜欢意想不到。

又说美国人

一位苏联旅游者开车从美国东部跑到西部。他说："美国人吃的只有一种东西——汉堡包。"

美国人拿这笑话挖苦苏联人，意思是苏联人不懂美国。其实美国更不懂苏联。一位美国教授对我说："苏联没有作家。过去只有托尔斯泰和陀思妥耶夫斯基。现在可能一个也没有。"我很惊讶，一口气说出二十多个苏联当代名作家，这教授脑袋摇得似拨浪鼓，说："不知道。"美国人认为他们很富，自给自足，有种优越感，加上极强的个人主义意识，不关自己的事根本不问，知识面很窄。学者们除去自己的事业，别的很少知道。这也与东西方文化传统不同有关。西方科学对世界用"剖析"方式，弄清一点，推进一点。学者们各守一摊，好比小贩，卖烟的不知道咸鱼的价钱。中国对宇宙万物的态度是"天人合一"，讲究包罗万象。你问西方学者一个问题，他不知道就摇头，理所当然；你问东方学者一个问题，不知道却不轻易摇头，好像这么一来就显得没学问。西方尚精，东方尚博，故西方学者们的知识多为点的连接，东方多为面的重叠。

再提起开头那笑话，并不假。最普遍的美国饭确实是汉堡包。无论机场、超级市场、游乐中心，还是公路旁，只要看见"M"的标志，便是闻名全美的麦当劳汉堡包快餐店。美国人对午餐极马虎，这种面包夹肉片生菜外加一杯冷热饮料的简易食品，极投合美国人胃口，因为他们凡事都图省事，极怕麻烦。美国人家庭做饭大多是成品加热，或半成品加工。烧鸡烤肉全是装在塑料袋里，买回家放在烤箱一按电门，熟了再把配好的佐料一浇即可。连鸡汤全都是罐头装的。

所有信封的封口都挂胶。在办公室或邮局，可以看见不管身份多高的人，粘信时都伸出又红又亮又长的大舌头，一舔。他们怎么省事就怎么干。

许多英语词汇到美国都简化了。比如见面时相互问候"你好"

这个词儿,到美国变成一个"嗨"就行了。

有个中国留学生讲个笑话:

一次他和美国人吵架,他骂了这美国人半天,美国人回嘴就一句"一样"。意思是"你骂我的,就是我骂你的"。这就算回骂了。连骂街都图省事,这就是典型的美国人性格。

还说美国人

美国人喜欢轻松,追求快乐,互相接触,不论生熟,都要说笑话。逢到冲突的事,常常几句笑话,一笑了之。

芝加哥一位朋友讲过一个故事:

一个女人坐在汽车里按喇叭,招呼她楼上的朋友,大概她的朋友没听见,她就不停地按。街道另一边,一个胖老头坐在椅子上看报休息,听她喇叭声心烦,忍不住就走过来,站在她车前对她说:"我和你约好是七点,现在才五点。"这句笑话挺俏皮。这女人听了微微一笑,回答他也是句笑话:"七点我没时间。"胖老头无话应对,于是两人一笑,胖老头坐回到椅子上,这女人自然也不再按喇叭了。

说笑话需要机智、敏捷、反应快、思维灵巧,口才也要好。所以,在美国幽默感往往是一个官员是否有魅力的标准之一。人说笑话时，心里会保持最松弛状态。学者在讲坛，官员在会场，如果能妙语如珠，引得人捧腹大笑不已，必定是气度和智能非同寻常。如果一本正经念讲稿，脸上肌肉抽筋般地僵硬，听者听得厌烦就离席而去，决不肯硬坐在那里打瞌睡，或心猿意马，思维跑到千里之外。他们不勉强别人，更不勉强自己。

但是，美国人的笑话与中国的笑话不同。美国的笑话重俏皮机智，中国的笑话重后味，笑话里总含着点什么。比如小丑，美国剧中小丑大多纯为逗乐，中国戏中小丑往往含着深意。大概中国长期封建社会的压抑，话不能直说，便藏在笑话中，也就造就了幽默艺术之高深。美国现代文学中的"黑色幽默"把笑的内涵引入深处，我国一些文学之士以为时髦，仿效者颇多。黑色幽默的要素为"自嘲"，乃是人在困境中无以摆脱，苦中作乐，用嘲弄自己的办法嘲弄社会。其实这法子中国京剧中丑角常常为之，并不足怪。

我在佛拉斯达夫一家小店吃饭，服务人员是个打工的大学生。她说："我们这饭店无所不能，凡是你想到的都能做。"我说"就来一份冰雹烩钥匙吧，钥匙烧得嫩点。"她听了很兴奋，马上说："看来你想象力有限，还是看菜谱吧。"便把菜谱给我。这是美国人一般接触时典型的幽默。

美国的幽默有时叫人难以置信。纽约发生一起抢劫案，两个歹徒各戴一个面具，一个是里根，一个是国务卿舒尔茨。作案也没忘了逗笑。

对于他们，无论做出什么难以置信的事，我也相信，这就是我所理解的美国人。

细雨品京都

　　牛毛细雨绵绵密密洒落京都。这向例宁静的千年古都，多了雨声，只有雨声。偶有风来，吹飞雨点，在光亮的地方晶晶闪烁地飘舞。伞儿必须迎风撑着遮雨。日本人身小，伞儿也小，雨点儿打湿我的衣服，凉滋滋贴在皮肤上，给游览古迹带来诸多不便。糟糕……

　　可是，一仰头，重峦叠翠，烟雾空蒙，清水寺的山门宝塔就立在这之间。日本的塔尖，修长似剑，在细雨霏霏中更显峭拔之势。此时，隔过山谷，飘起一缕轻岚，在空谷中白纱一般地游动，使人想起喜多郎的声音。这缕轻岚，正好从山那边耸立的一座橘色琉璃佛塔前飞过，佛塔一点点模糊又一点点清晰出来，烟岚飞去，塔身竟像给拭过那样洁净光亮……其实这是雨水的反光。

　　在金阁寺里我发现，那雨中镀金的金阁反比阳光下的金阁更加夺目，景象真是奇异。还有花草松竹，给雨水一洗，更艳更鲜更亮更香，而花味草味松味竹味，似乎也更加清新醉人。是来自苍天的雨激发出大地万物的生命气息吗？

金阁寺一株六百年的古松，被园林艺人修葺成船的形状，名为"松之舟"。当年列岛上一无所有，最早的一切都是渡海从朝鲜和中国学来的，船就成了日本人的崇拜物。如今它所有松针都挂满雨珠，珠光宝气，倒像一只珍珠船……我想到去年来此，秋叶正红，一些精美娇艳的红叶落在这松船上，我还对同行的一位日本朋友说，应该叫"枫之舟"。如果冬日里它落满厚厚的一船白雪呢？日本大画家的名字"雪舟"两字，忽然冒了出来……

最美的景色，便在任何时候都是美的，无论仲春或残秋。好似一个女人，无论青春年少还是银丝满头，她都美。真正的美是一种气质。那么——京都的气质呢？

这座至今整整有一千二百年历史的昔日都城，从皇室故宫、豪门巨宅到庙宇寺观，举目皆是；国宝文物，低头可见。如果导游向你介绍这些古迹古物的由来与传说——他手指的地方，几乎每移动一尺，就能讲出长长的一个故事。但死去的时光并不能吸引我。使我着迷的，是分明有一种东西，一种活着的、长命的、深切的东西，渐渐感到了，它是什么呢？

走出大云山龙安寺，穿过夹在竹栏间的砂石小径，低头钻过低垂下来的湿淋淋的繁枝密叶。陪同我们的朝日新闻社的村濑聪先生和町田智子女士，引我们走入一处庭院。临池倚树是一间精雅的房舍。我们坐在清洁的榻榻米上，吃这家小店特有的煮豆腐，享受着传统生活的滋味。窗扇半开半闭，可见院中怪石修竹，野草闲花，以及它们在池中的倒影。一只巴掌大的花蝶，一直在窗外的花丛上嬉舞，时飞时憩，亦不飞去。好像经过训练，点染风光，以使游人体味到千百年前京都贵族高雅悠闲的生活意趣。日本人对自己的历史尊崇备至，砂锅煮豆腐如今改用电炉丝加热，电门却放在暗处，好让游人的全部身心全都沉湎于历史中。这样我就找到京都的魅力了吗？

近黄昏时，町田智子问我："你们想到什么地方用餐？"

"当然是日本馆。中国餐可以回国后天天吃。希望是地道的京都小馆。"

撑着伞走进一条湿漉漉的老街。掀开日本式的半截的土布门帘，进了一家小馆。这种日本民间小馆，一切风习依旧，愈小愈土，愈土愈雅。从文化的眼光看，愈土才愈富有文化的原生态和文化的意味。

进门照例是脱鞋，穿过纸糊的方格隔扇，一屈腿坐在清凉光滑的竹席上。跟着是穿和服的妇女端上陶瓷和大漆的餐具，放在矮腿的小台桌上。但这一切不是旅游性质的仿古表演，不是假模假样的旧习俗的演示，而是千百年来传衍至今的不变的过去。

中国菜讲究"色、香、味",日本菜讲究"色、形、味"。变了一个形字,日本饮食文化的特征就出来了。墨色的漆盘放一片菱形的鲈鱼片,嫩白的鱼肉上斜摆两根纤细的紫菜,上边再点缀一朵金黄色小小的菊花。日本人真是不折不扣传承自己先人留下的美。那床棚处,依照传统方式,下角摆一个"清水烧"的陶瓶,瓶中插一朵饱满的棠棣花,再撇出几根风船葛,中间竖着一根轻柔的白荻。也人工,也自然。日本的插花是把精巧的人工和充满生机的大自然融成一体。床棚正面的板壁上,垂挂一幅书法,只一个"花"字,淡墨湿笔,字形松散,笔迹模糊,带着花的温情与清雅,也引起人对花的联想。中国艺术的"空白"以及佛教的顿悟——都叫日本人"拿来"了。

妻子同昭忽有所感,对我说:"雨天里,在这种地方倒蛮有味道。"

町田智子好像被这话启发出什么来,眸子一亮,点点头。

我不禁扭头望望窗外。小小院落,木墙石地,都因雨水而颜色深重。一束青竹,高低参错,疏密有致,细雨淋上,沙沙作响。仔细听——雨打在竹叶上的声音轻,在叶子上积水而滴落的声音重。前者连绵不断,后者似有节奏,好像乐器在协奏。大自然是超时间的,它这声音把历史拉回到眼前,并把墙上书法的境界、瓶中插花的幽雅、桌上和式饭食独有的滋味,还有这说不出年龄的老店的历史感，融为一体，令我莫名地感动起来。我知道，是这列岛上积淀了千年文化的精灵感染了我……

  带着这感受，饭后在老街上走一走，那沿街小楼黝黑而耗尽油水的墙板，那磨得又圆又光的井沿，那千百年被踏得发光的石板路面，以及一盏一盏亮起来、写着黑字的红灯笼……仿佛全都活了，焕发出古老的韵味，以及遥远又醇厚的诗意。这意味和气息是从历史升华出来的。只要你感受到它，过后你可能忘却这些旧街老巷名胜古迹的具体细节与来龙去脉，但会牢牢记住这种气息与滋味。

  因为，文化不只是知识，它是人创造的精灵。

巴黎的天空

大自然派到巴黎的捣蛋鬼是雨。尤其进入了秋天。如果出门时天晴日朗,为了贪图轻便而不带雨伞,那一准就会叫雨儿捉弄了。巴黎的雨是捉摸不定的。有时一天你能赶上五六次雨。有时街对面一片阳光,街这边却雨儿正紧。有时你像被谁在楼上窗口浇花时不小心将一片水点洒在背上,抬头一看原来是雨,一小块巴掌大小的云带来的最小的、最短暂的、唯巴黎才有的"阵雨"。巴黎很少大雨瓢泼,很少江河倒灌,也很少阴雨连绵。它的雨,更像是一种玩笑,一种调皮,一种心血来潮。

它不过是一阵阵地将花儿浇鲜浇艳,叫树木散出混着雨味的青叶的气息,把大街上跑来跑去的汽车小小地冲洗一下。再逼迫人们把随身携带的各种颜色和各种图案的雨伞圆圆地撑开。城市的景观为之一变。这雨原来又是一种情调。

然而,雨儿停住,收了伞,举首看看云彩走了没有。这时,有悟性的人一定会发现，巴黎一幅最大的图画在天空。

这图画的画面湛蓝湛蓝，白云和乌云是两种基本颜料。画家是风，它信马由缰地在天上涂抹。所以，擅长描绘天空的法国画家欧仁·布丹的一幅画，题目是《10月8日·中午·西北风》。

巴黎的白云和乌云来自大西洋。大海的风从西边把这些云彩携来，随心所欲地布满天空。风的性情瞬间万变，忽刚忽柔，忽缓忽疾，天上的云便是它变幻无穷的图像。大自然的景观一半是静的，一半是动的。宁静的是大地，永动的是天空。

当十九世纪后半期，法国画家们的工作从画室搬到田野后，天空便给画家以浩瀚和无穷的想象。在大西洋沿岸那座著名的古城翁弗勒尔，我参观前边所说的那位名叫布丹的美术馆时，看到了他大量的描绘天空的速写。在大自然中，只有天空纯属自然，最富于灵性。于是，大自然的本质被他表现出来了，这便是生命的创造和创造生命。在布丹之前，谁能证明天空是一个巨大的创造力无穷的生命？一个被布丹称作"美丽的、透明的、充满大气"的生命？所以，库尔贝、波德莱尔都对这位画友画天空的才华推崇备至。巴比松画家柯罗甚至称他为"天空之王"。

在荷兰的阿姆斯特丹，我去看梵·高美术馆，研究他从荷兰到法国前后画风的变化。我发现他最初到巴黎开始他的艺术生涯时期的一幅作品，便是用一大半篇幅去表现动荡而激情的云天。

任何艺术家都会首先注意不同的事物。"不同"往往正是事物的本质。那么巴黎奇异的天空自然会吸引住这位敏感的艺术家的心灵。而且这种吸引力一直抵达梵·高一生的终结处——巴黎郊外的奥维尔。看看梵·高在奥维尔画的最后一批作品，天空被他表现得更富于动感、更深入、更动人，并成为他不安的内心的征象。

可是，我想，为什么我们中国人的绘画从来不画天空，不画光线？即使画云，也是山间的云雾，或是为了陪衬天上的神仙与飞行的龙，从来不画天空上的云。清代末期上海画家吴石仙擅长画雨景，但他不画乌云，他只是用水墨把天空平涂一片深灰色，来表示阴云密布。也许中国文人的山水画，多为书斋内的精神制品——不是自然的风景，而是主观或内心的山水意境。即使是"师造化"的石涛，也只是"搜尽奇峰打草稿"而已。故此，中国的山水多为"季节性"，缺乏"时间性"。不管现代山水画如何发展，至今没有一个中国画家画天上的云彩。难道天空在中国画中永远是一块"空白"？

现在我们回到巴黎中来——

天空莫测的风云，不仅给巴黎带来多变的阴晴，还演变出晦明不已的光线。雨儿忽来忽去，阳光忽明忽灭。在巴黎，面对一座美丽和典雅的建筑举起相机，不时会有乌云飞来，遮暗了景色，拍照不成；可是如果有耐心，等不多时，太阳从云彩的缝隙中一露头，景色反而会加倍地灿烂夺目！

阳光与云彩的配合，常常使这座城市现出奇迹。

我闲时便从居住的那条小街走出来，在塞纳河边走一走，看看丰沛而湍急的河水、行人、船只，以及两岸的风光。尽管那些古老的建筑永远是老样子，但在不同的光线里，画面会时时变得大大不同。一次，由于天上一块巨大的云彩的移动，我看到了一个奇观。先是整条塞纳河被阴影覆盖，然后远处——亚历山大三世桥那边云彩挪开了，阳光射下去，河里的水与桥上镀金的雕像闪耀出夺目的光芒。跟着，随着云彩往我这边移动，阳光一路照射过来。云行的速度真不慢，眼看着塞纳河上的一座座桥亮了起来，河水由远到近地亮起来，同时两岸的建筑也一座座放出光彩。这感觉好像天空有一盏巨大无比的灯由西向东移动。当阳光照在我的肩头和手臂上，整条塞纳河已经像一条宽阔的金灿灿的带子了。然后，云彩与阳光越过我的头顶，向东而去。最后乌云堆积在河的东端。从云端射下的一道强烈的光正好投照在巴黎圣母院上。在接近黑色的峥嵘的云天的映衬下，古老的圣母院显得极白，白得异样与圣洁。

不知为什么，在这一瞬，竟然唤起我对圣母院一种极强烈的历史感受。我甚至感觉加西莫多、爱斯梅拉达和克罗德现在就在圣母院里。

可是就在我发痴发呆的时候，眼前的景象忽变，云彩重新遮住太阳。一盏巨灯灭了。圣母院顿时变得一片昏暗，好似蒙上重重的历史的迷雾。忽然，我觉得几个挺凉的水滴落在我的手背上，我抬起头来，一块半圆形的雨云正在我头顶的上空徘徊。

意大利断想

　　一个东西方文化交流史的盲点深深吸引着我：丝绸之路的东端是中国，西端是意大利，这两端恰恰都是光辉灿烂的美术大国。通过这条公元前就开通了的丝绸之路，东西方把他们各自拥有的布帛、香料、陶瓷、玻璃、玉石、牲畜等等彼此交换；中国人制造丝绸的技术至迟在七世纪就传到西西里，但为什么独独在美术方面却了无沟通？

　　我曾面对洛阳龙门石窟雕刻的那"北市香行社造像龛"一行小字发呆——在唐代，罗马的香料已被妇女作为时髦物品，为什么在这浩大的石窟内却找不到欧洲雕刻的直接影响？

　　在十六世纪，当米开朗基罗等人叮叮当当把他们的激情与想象凿进坚硬的石头，中国人早已告别石雕艺术的时代。如果马可·波罗把霍去病墓前那些怪异的石兽运一个回去，说不定意大利文艺复兴运动就会以另一景象出现。而当聚集在佛罗伦萨和威尼斯的画家们，用无与伦比的写实技术在画布上创造出一个个活生生的人物时，中国画家早就从写实走向写神，以幻化的水墨，随心所欲地去表达内心非凡的感受。当然，意大利画家也是从未见到过这些中国画家的作品。直到十八世纪，郎世宁来到中国时，东西艺术已全然是两个世界了。

比较而言，西方艺术家尊崇物质，东方更注重自己的精神情感。由此泛开而说，西方人一直努力把周围的一切一点点儿弄清楚，东方人却超乎物外，享受大我。一句话，西方人要驾驭物质，东方人要驾驭精神。经过十数个世纪，西方人把飞船开到月球，东方人仍在古老的大地上原地不动，精神却遨游天外。

东西方文化具有相悖性。

相悖，才各自拥有一个世界，自己的世界对于对方才是全新的。人类由于富有这东西方相悖的两种文化，它才立体，它才完整。

最大和最完整的事物都是两极的占有。

现在看来，丝绸之路主要是一条贸易通道。对于文化，它只是在不自觉中交流了文化，而不是自觉交流了文化。

正因为如此，东西方艺术便在相互独立的状态中形成了自己的一套。幸亏如此！如果它们像现代社会这样在文化上互通有无，恐怕东西方文化早就变成一只黄老虎和一只白老虎了。

我联想到现在常常说到的"文化交流"这个概念，并为此担忧。

文化交流与科技交流本质不同。科技交流为了取消差距，文化交流只能是为了加大区别。谁能够做到这些？

文化是有个性的。文化的全部价值都在自己的个性里。文化相异而并存，相同而共失。因此，文化交流不是抵消个性，而必须是强化个性，谁又能这样做？

可是，天下有多少明白人？弄不好最终这世界各处全都是清一色的文化"八宝饭"，或者叫"文化的混血儿"。

与别人不同容易，与自己不同尤难。比如这三座同为意大利名城的罗马、佛罗伦萨和威尼斯——

罗马依旧有股子帝国气象。好似一头死了的狮子，犹然带着威猛的模样。这恐怕由于它一直保持原帝国都城的规模和格局，连同昔时的废墟亦兀自荒凉着，甚至那些古老建筑的碎块，遗落在地，决不移动。原封不动才保住历史的真实。从来没有人提出那种类似"修复圆明园"的又蠢又无知的主张。建设现代城市中心则另辟新区。对于一个城市的文化史来说，死去的罗马比活着的罗马还要神圣。

罗马的美，最好是在雨里看。到处有中世纪粗大笨重的断壁残垣在白茫茫雨雾中耸立着，那真是一种人间神话。我从斗兽场出来，赶上这样的大雨，小布伞快要给雨水浇塌，正在寻求逃避之路，陡然感到自己竟是站在历史里。那城角、券洞、一根根多里克或科林斯石柱、一座座坍塌了上千年的废墟，远远近近地包围着我。回头再看那斗兽场已经被雨幕遮掩得虚幻模糊，却无比巨大地隔天而立。一时分不清自己是在罗马的遗迹里还是在罗马的时代里。它肃穆、雄浑、庄严和神奇……这独特的感受是在世界任何地方都不曾得到的。

古建筑不是死去的史迹，而是依然活着的历史的细胞。如果失去这些，我们从哪里才能感受真正的罗马的灵魂。

我痴迷立着，任凭大雨淋浇，鞋子像灌满水的篓儿。

然而，这种罗马气象在佛罗伦萨就很难看到了。佛罗伦萨整座城市干脆说就是文艺复兴时期的象征。从乌菲齐博物馆二楼长廊上的小窗向外望去，阿尔诺河的两岸连同那座廊式老桥的桥上，高高矮矮一律是文艺复兴时代红顶黄墙的小楼，在湛蓝湛蓝的天空与河水的对比下，明丽而古雅。比起罗马时代，它轻快而富于活力；比起后来的巴洛克时代，它又朴素和沉静。看上去，佛罗伦萨是拒绝现代的。也许由于文艺复兴时代迸发的人文精神仍是今天欧洲精神的支柱和源泉，它滔滔汩汩，奔涌不绝。人们既把它视为过去，也作为现在。佛罗伦萨是文化的百慕大，站在其中会丧失时间的概念。

黄昏时在老街上散步。足跟敲地，好似叩打历史，回声响在苔痕斑驳的石墙上。还有一人的脚步声在街那边,扭头瞧,哎,那瘦瘦的穿长衣的男人是不是画圣母的波提切利?

比起罗马与佛罗伦萨,威尼斯散发着它独有的浪漫气质。这座在水上的城市,看上去像半身站在水里。那些古色古香建筑的倒影都被波浪摇碎,五彩缤纷地混在一起晃动着。入夜时,坐上种尖头尖尾的名叫"贡多拉"的小船,由窄窄而光滑的水道穿街入巷,去欣赏这座婉转曲折的水城每一个诗意和画意的角落。不时会碰到一些年轻人,船头挂着灯,弹着吉他,唱着情歌,擦船而过。世界上所有傍河和临海的城市都有种开放的精神,何况这水中的威尼斯!在金碧辉煌的圣马可广场上,成千上万的鸽子中间有无数从海上飞来的长嘴的海鸥……

城市,不仅供人使用,它自身还有一种精神价值。这包括它的历史经历、人文积淀、文化气质和独有的美,它的色调、韵律、味道和空间,这一切构成一种实实在在的精神。这城市人的性格、爱好、习惯、追求、自尊,都包含其中。城市,既是一种实用的物质存在,也是一种高贵的精神存在。

你若把它视为一种精神,就会尊敬它,珍惜它,保卫它;你若把它仅仅视为一种物质,就会无度地使用它,任意地改造它,随心所欲地破坏它。一个城市的精神是无数代人创造积淀出来的。一旦被破坏，便再无回复的可能。失去了精神的城市该是什么样子？

我忽然想到今年年初到河南，同样跑了三座东方古城：郑州、洛阳和开封。

这三座古城对我诱惑久矣。谁想到一观其面，竟失望得感到深切的痛苦。

哪里还有什么"九朝古都""商城"和"大宋汴京"的气象，这分明是在内地常见的那种新兴城市。连老房子也多是二十世纪失修的旧屋。郑州那条土夯的商代城墙，被挤在城市中间，好似条条废弃的河堤。从历史文化的眼光看，洛阳的白马寺差不多像个空庙。开封那新建的花花绿绿的宋街呢？一条只有十年历史的如同影城中的仿古街道，能给人什么认识与感受？是一种自豪还是自卑感？

不要拒绝拿郑州、开封、洛阳去和罗马、佛罗伦萨、威尼斯相对照吧，我们这三座古城和中原文化曾经是何等的辉煌！

在梵蒂冈，最令我激动的不是《拉奥孔》与《摩西》，不是拉斐尔的《雅典学院》和达·芬奇的《圣徒彼得》，而是西斯廷教堂穹顶上那经过长长十二年修复后重现光辉的米开朗基罗的壁画。这人类历史最伟大也最壮观的壁画，使西斯廷教堂成为解读神学和展示天国景象的圣殿。然而自从十六世纪米开朗基罗完成这幅壁画，历经五百年尘埃遮蔽，烛烟熏染，以及一次次修整时刷上去的防止剥落的亚麻油，这些有害物质使画面昏暗模糊，失去了往日的光彩。

从二十世纪六十年代起，梵蒂冈博物馆的克拉路奇教授和他的助手将壁画拍摄成七千张照片，进行精密研究，并选择了两千个部分做了修复试验，终于确定方案，自一九八二年到一九九四年展开了二十世纪最浩大的古代艺术的修复工程。终于使得米开朗基罗以非凡的才华叙述的这个天国故事，好似拨云见日一般再现在人们的仰视之中。

我们头一次如此透彻地读到了世间对神学的最权威和最动人的解释，也如此清澈地看到了米开朗基罗出神入化的笔触。在此之前，谁能想到那画在高高穹顶上亚当的头部，竟然这样轻描淡写？而描绘《末日审判》中基督的脸颊，居然大笔挥洒，总共只用了三笔！倘若不是这次修复，我们怎能领略到这个艺术大师如此才华非凡的细节？

请注意，修缮西斯廷教堂壁画的原则，既非"整旧如新"，也非"整旧如旧"。而是一个新的目标：整旧如初。

整旧如新，即改变历史面貌地粉刷一新；整旧如旧，虽能保住历史原貌，但对那些残破的古物，只能无奈地顺从时光磨损，剥落不堪，面目不清；而整旧如初，才是真正回复到最初的也是最真实的面貌。

这种只有靠高科技才能达到的"整旧如初",是古物修复的历史性进步。它终于实现了先人的梦想:复活历史。

可以相信,如今我们仰望西斯廷教堂穹顶的壁画时,就同一五一一年米开朗基罗大功告成时的情景全然一样。

我们享受到了历史的艺术,也享受到了艺术的历史。

在米兰,修复人员也在以同样的目标修复举世闻名的达·芬奇的壁画《最后的晚餐》。这个将历时七年的修复工程是开放式的,使我们得以看到他们的工作方式。

由于达·芬奇当年作画时不断更换和试用新颜料,这幅壁画尚未完工就开始剥蚀,如今它已成为世界上残损最重的壁画之一。此刻,技术人员站在画前的铁架上,以每一平方厘米为单元精心修饰。粗看这些技术人员一动不动,好似静止;细看他们的动作缜密又紧张,犹如外科医生正在做开颅手术!

然而,说到最令我震动的,却不是在这些艺术的圣殿里,而是在街头——

居住在佛罗伦萨那天,晨起闲步,适逢一夜小雨,拂晓方歇,空气尤为清冽,鸟声也更明亮。此时,忽从高处掉下一块墙皮,恰有一位老人经过,拾起这墙皮。墙皮上似有彩绘花纹,老人抬头在那些古老的房子上寻找脱落处,待他找到了,便将墙皮恭恭正正立在这家门口,像是拾到这家掉落的一件贵重的东西。

我不禁想,如果这事发生在我们的城市里,谁会这样做?

我对一位朋友说起这事。当时我的情绪有些激动。我的朋友笑道:"你的精神是不是有点奢侈?"

我一怔,默然自问,却许久不得答案。

今天的布拉格

布拉格对我的诱惑，除去德沃夏克、卡夫卡、昆德拉以及波希米亚人，还有便是歌德的那句话"布拉格是欧洲最美丽的城市"。歌德这句话是二百年前说的，那么今天的布拉格呢？在捷克做过文化参赞的诗人孙书柱对我说："你不去布拉格会终身遗憾。"

经历了二十世纪两次世界大战和非同寻常的社会风暴之后，布拉格会是什么样子？我想起九十年代初一个黄昏进入东柏林时那种黑乎乎、空洞和贫瘠的感受。于是，我几乎是带着猜疑，而非文化朝圣的心情进入了捷克的边境。

三天后，我在布拉格老城区一家古老的饭店喝着又浓又香的加蒜末的捷克肚汤时，手机忽然响了，是孙书柱。他说："感觉怎么样？"我情不自禁地答道："我感到震撼！"我听到自己的声音很响亮。

布拉格散布在七个山丘上，很像罗马。特别是站在王宫外的阳台上放目纵览，一定会为它浩瀚的气概与瑰丽的景象惊叹不已。首先是城市的颜色。布拉格所有的屋顶几乎全是朱红色的，它们使用的是一种叫石榴石的矿物质颜料，鲜明又沉静；而墙体的颜色大多是一种象牙黄色。在奥匈帝国时代，捷克的疆域属于帝国领土的一部分，哈布斯堡王朝把一种"象牙黄"视为高贵，并致力于向民间普及。于是这红顶黄墙与浓绿的树色连成一片。百余座教堂与古堡千奇百怪地耸立其间。这便是在世界上任何地方都见不到的城市景观。

然而捷克之美，更在于它经得住推敲。

在捷克西部温泉城卡罗维发利，我在那条沿河向上的老街上缓缓步行，一边打量着两边的建筑。我很惊讶。没有任何两座建筑的式样是相同的。它们像个性很强的女人，个个都目中无人地站在街头，展示自己。其实，这不正是波希米亚人不尚重复的性格？

在布拉格更是这样。只有在上个世纪五六十年代建造的那些宿舍楼，才彼此一个模样，没有任何美感与装饰。从中我发现，它们竟然和我们同时代的建筑"如出一炉"，这倒十分耐人寻味！

而布拉格的城市建筑真正的文化意义，是它保存着从中世纪以来，包括罗马式、哥特式、巴洛克式、青年艺术风格等各个不同时期的建筑作品。站在老城广场上，挤在上千个惊讶地张着嘴东张西望的游客中间，我忽然明白，当年歌德看到的，我们都看到了。但跟着一个问题冒出来：它是如何躲过上个世纪的剧烈的政治风暴的冲击？甭说民居墙面上千奇百怪的花饰，单是查理大桥上那些来自宗教与神话的巨大的雕塑早该被"砸得稀巴烂了"！

一个城市的历史总是层层叠叠深藏在老街深巷里。布拉格这些深巷常常使游人迷路。据说卡夫卡知道这每一座不知名的老屋里的故事。他的朋友们常常看见他在这些街头巷尾或某个门洞里一晃而过。

老街至今还是用石块铺的路。几百年过去的时光从上面碾过，一代代人用脚掌雕塑着它们。细瞧上去，很像一张张面孔，有的含混不明，有的凄苦地笑，有的深深刻着一道裂痕。街上的门都很小，然而门内都有一个小小的罗马式回廊环绕的院子，只有正午时分，阳光才会直下。站在这样的院子里就会明白，为什么卡夫卡把它称作"阳光的痰盂"。

生活在这样世界里的布拉格人，并不因此愁闷与阴郁。他们天性热爱个人的生活，专注于家庭，还有传统。他们对啤酒有天生的嗜好，一如法国人钟爱葡萄酒。据说每年一个捷克人平均喝掉一百五十公升啤酒。而他们对音乐的热爱不亚于奥地利人。连惹起祸端而招致前苏联军队把坦克开进城中的"布拉格之春"，也是音乐带来的麻烦。但即使在那个非常的年代，人们去听音乐会也照旧会盛装打扮，这样的人民会去把建筑上的艺术捣毁吗？

我则认为，我们的文化遗产所遭受的最大的破坏还是"文革"。"文革"之前，老房上那些砖雕石雕，谁会动手去砸。我们只是把它作为"无用的历史"弃置一旁。布拉格最著名的圣维特大教堂，在二十世纪五六十年代被当作工厂使用，就像天津的广东会馆。但是"文革"不仅仅举国如狂地毁灭自己的文化遗产，更严重的是对自己文化的轻视与蔑视。蔑视自己的文化比没有文化还可怕。而这种自我的文化轻蔑在功名利禄迷惑人心的当代便恶性地发酵了。于是，我便转而注目于今天的布拉格人怎样重新对待自己的文化遗产。

他们正在全面整理和精心打扮自己的城市。从外观上，将这些至少失修了半个世纪的建筑，一座座从岁月的污垢中清理出来。同时将具有现代科技含量的生活硬件注入进去。他们在修整这些地面上最大的古物时，精心保护每一个有重要价值的细节。由于他们没有经过那种"涤荡一切污泥浊水"的文化大革命，所以历史遗存极其丰厚。连各种店铺的商家也都把这些遗产引以为自豪，并且印成资料与画片，赠送给客人。不像我们胡乱地扫荡之后，待要发展旅游，已经空无一物，只能靠着造假古董和编故事（俗称编段子），将历史浅薄化、趣味化、庸俗化。

从老城广场到查理桥必须经过一条历史名街——皇帝街。这条长长的窄街弯弯曲曲，顺坡而下。街两旁五彩缤纷地挤满各色小店、咖啡店、酒吧、食品店、小旅店,形形色色小商店里经营的大都是本地的特产,如提线木偶、草编人物、民间土布,以及闻名天下的玻璃器具。最小的店铺大约只有四五平米,却都是有声有色、有滋有味,故而皇帝街是布拉格人气最旺的一条步行街。

据说十年前,有人想从美国引资对这条街进行改造。将石块铺成的路面改为平整的柏油路,两边的商店扩宽重建。这引起很大争议。经居民投票民主表决,结果还是顺从当地的人民的意见——皇帝街保持历史的原貌!

东欧国家经过数十年的巨变,几乎碰到同样一个问题:怎样对待自己的城市。从俄罗斯的圣彼得堡、德国的柏林和魏玛、匈牙利的布达佩斯,直到捷克的古城。我看到了一种共同的态度——正像我在柏林拜访过一个负责修整历史街区的组织的名字——"小心翼翼地修改城市"。那就是用心珍惜历史遗产,全力呵护文化财富,一切为了未来。

三千道瀑布

记得十年前，和王蒙、王安忆、迟子建、刘恒等文友在奥斯陆与挪威作家围桌交谈文学，会后承蒙主人盛情去游览该国的西部名城卑尔根。卑尔根与奥斯陆两城在挪威的版图上一西一东，两城之间可以航飞也可以车行。但车行必须横穿挪威还要翻越盘桓和高耸在北欧大地上的斯堪的纳维亚山脉，谁知这种选择却叫我们领略到这个国家山水的雄奇、纯净和原始。

很少国家像挪威被粗壮而簇密的森林所覆盖。古老的森林随处可见。伐木往往是为了不叫森林生长得过密窒息而死，这不是最理想和良性的生态吗？就是这种一望无际、排山倒海般的森林把甲壳虫乐队的歌手、接着又把村上春树征服了，这位日本作家才用《挪威的森林》作为自己颇具魅力的书名。那天，我们乘坐的大巴车里一路很少关窗，为了享受在山间穿行时森林里冒出来的极充沛的又凉又湿又清澈的氧气。我们称大巴是"活动氧吧"。

我还感觉我的肺叶大敞四开,所有肺细胞都像玻璃珠儿一样鼓胀而透明。

然而更叫我震撼的是山间的瀑布。我从来没有见过其他地方有如此丰沛的泉水。车子走着走着,便可听到前边什么地方泉声咆哮,跟着窗外一条雪白的飞泉好像要冲到车子上来。车子在山中跑了两天,轮胎给泉水冲洗得仍然像新换上去的。一天夜里住店歇脚,听到不远地方泉水轰鸣,好像飞机起飞那种声音。怎样的瀑布能发出如此巨响,我们被诱惑起来,出了旅店,摸黑去瞧那个呼吼不已的山间"巨兽",没想到它竟在几里外的地方。待走到跟前,尽管夜很黑,却隐约地看到它巨大的狂滚的有些狰狞的形态。尽管它喷出来的细密的水雾很快湿了我们的衣服,大家激动得又叫又喊,但在瀑布声中谁也听不到别人喊什么,只能看到彼此兴奋而发光的眼睛。子建的目光尖而亮,刘恒的目光圆而明,像灯。

到了卑尔根,我对挪威朋友说,你们的瀑布太棒了。挪威朋友说,那你应该从这里再进一趟峡湾,挪威最应该去的地方是峡湾。我知道挪威西部海岸,陆海交叉,蔚为奇观,大海伸进陆地最长的峡湾是挪威桑格纳峡湾,长达二百余公里,深至一千三百米!冷战时期苏军的一条潜艇曾误入峡湾,使挪威误以为要爆发战争,吓了一跳。

这一次我又来到奥斯陆，决心要去一趟峡湾。我知道挪威人的一个逻辑：如果没去过峡湾就等于没来过挪威。我选择的路仍是从奥斯陆出发驱车前往西部沿海，想再感受一下挪威的山水。然而不同的是，那一次是在夏末，这一次是深秋。季节改观天地。车子不再像上次那样在流水般浓绿的山林中穿行，而是徜徉于金子般炫目的秋色中。漫山黄叶中，偶尔还会有夹着几棵赤朱斑斓，好似开满花朵；或是一株通红通红，好似高擎着火炬一般。溢满车厢里的也全是给太阳晒暖的秋叶的气息了。想想看，从这样金色的山林进入蓝色的峡湾是怎样的优美？

可是，受着大西洋暖流影响的峡湾的气候是莫测的。待到了著名的佛拉姆码头，天正下雨，入住旅店后又听了一夜的雨，清晨拉开窗帘依旧是漫天阴云，雨反而更紧一些。我从来不抱怨天气。可是总不能再等一天，冒雨也要进峡湾看看。这样，乘着油轮驶入一片高山深谷中，当想到船驶在海水而非江水上时，感觉确实有些奇异。

浓烟一般的雨雾遮住山色、水光和远处的景物。但是我相信，当老天拿走你一样东西的同时，一定还会给你另一样东西，就看你是否发现。于是我看见了——瀑布！

一条雪白的瀑布远远地挂在高山黝黑的石壁上，直泻而下，中间受阻，腾起烟雾，折返三次，遂落入湾中。由于远，听不见水声，却看得出它奔泻下来时的冲动与急切。

不等我细细观看，船已驶过，然而又一道瀑布出现了。峡湾里有这样多的瀑布吗？是的，随着船的行进与深入，一道接着一道瀑布层出不穷地出现在眼前，而且千姿百态。有的飞流直下，一线如注；有的宛如万串珍珠，喷洒似雨；有的银龙般狂奔激涌，由天而降；有的烟一般地纠缠在峭壁上，边落边飞。途经一处，两边危崖陡壁挂满大大小小瀑布，竟有五六十道，我没有见过如此众多、各不相同的瀑布同时展现，简直是瀑布的博览会！而每一道瀑布的出现都给人们带来一种惊喜，大家举着相机争着给瀑布拍照。这瀑布是峡湾的第一奇观吗？船员却说，并不是天天都能看到如此众多的瀑布，正是由于一天一夜的雨，使大量的瀑布出现了！

你说阴雨是给我败兴还是助兴？

我庆幸自己的幸运，但还是难以明白，一场雨怎能生出如此壮美的瀑布奇观？

由于我们事先选择另一条路返回奥斯陆，这条路必须翻越一座两千米高的山顶，这便有幸找到了瀑布奇观的答案。

当我们的车子爬到极顶，景象变得奇异甚至有些恐怖。一堆堆殷红的石头，刺目的白雪，枯死而发黑的苔藓，不仅无人，鸟也没有，任何活的生命都看不到，古怪、原始、死寂，好像来到月球上。车子开了很长一阵子，居然没见到别的车开过，负责驾车的伙伴小俞说："如果这时车子熄了火，咱们可就完了。"这话增加了心里的恐惧感。

我忽然发现这山顶道路的两边插着很多很长的木杆，排得很密，杆子约四米，在离地三米高的地方划着黑色或红色的标记。据说这是到了冬天山上积雪看不见道路时，为行车的人设置的路标，这么说山顶上积雪竟可以达到三米厚吗？春天积雪融化后跑到哪儿去了？当车子开进山顶腹地，出现了许多巨大的湖，一个连着一个，湖的彼岸常常很远，甚至有水天相接之感。融雪的水纯净而湛蓝，在阳光下静静地闪着光亮。难道它们就是山下那上千条瀑布之源吗？当然是，它们就是峡湾里那些瀑布不竭的源泉。我被挪威大地自然资源的雄厚惊呆了。他们不会在这些地方拦水为坝建发电站，而不管峡湾里的什么奇观不奇观吧。我想到，昨天在长长的峡湾里，我没有见到过一座临美景而开发建造的别墅。如果这峡湾在我们的经济发达的东南沿海会是怎样的遭遇呢？还不成了"商业一条湾"？我反省着我们自己。

回到奥斯陆后我把此行之所见告诉一位久居这座城市的朋友。我说："我估算了一下，二百里的峡湾里的瀑布至少有一千道。"朋友笑道："峡湾里的瀑布无法数字化的。你有没有留心山壁处处都是泉水流过的痕迹？如果你那天雨水再大些，那些地方也是瀑布。瀑布还要多上两倍呢,至少三千道。"他不等我说话,接着说:"别忘了,你去的只是桑格纳峡湾。挪威西北部海边可是布满峡湾呀。"

于是,现在一想到挪威,第一个冒出来的形象就是由天而降的雪白的瀑布。

维也纳春天的三个画面

你一听到青春少女这几个字，是不是立刻想到纯洁、美丽、天真和朝气？如果是这样你就错了！你对青春的印象只是一种未做深入体验的大略的概念而已。青春，它是包含着不同阶段的异常丰富的生命过程。一个女孩子的十四岁、十六岁、十八岁——无论她外在的给人的感觉，还是内在的自我感觉，都绝不相同。就像春天，它的三月、四月和五月是完全不同的三个画面。你能从自己对春天的记忆里找出三个画面吗？

我有这三个画面。它不是来自我的故乡故土，而是在遥远的维也纳三次旅行中的画面定格，它们可绝非一般！在这个用音乐来召唤和描述春天的城市里，春天来得特别充分、特别细致、特别蓬勃，甚至特别震撼。我先说五月，再说三月，最后说四月，它们各有一次叫我的心灵感到过震动，并留下一个永远具有震撼力的画面。

五月的维也纳，到处花团锦簇，春意正浓。我到城市远郊的山顶上游玩，当晚被山上热情的朋友留下，住在一间简朴的乡村木屋里，窗子也是厚厚的木板。睡觉前我故意不关严窗子，好闻到外边森林的气味，这样一整夜就像睡在大森林里。转天醒来时，屋内竟大亮，谁打开的窗子？正诧异着，忽见窗前一束艳红艳红的玫瑰。谁放在那里的？走过去一看，呀，我怔住了，原来夜间窗外新生的一枝缀满花朵的红玫瑰，趁我熟睡时，一点点将窗子顶开，伸进屋来！它沾满露水，喷溢浓香，光彩照人。它怕吵醒我，竟然悄无声息地又如此辉煌地进来了！你说，世界上还有哪一个春天的画面更能如此震动人心？

那么，三月的维也纳呢？

这季节的维也纳一片空蒙。阳光还没有除净残雪，绿色显得分外吝啬。我在多瑙河边散步，从河口那边吹来的凉滋滋的风，偶尔会感到一点春的气息。此时的季节，就凭着这些许的春的泄露，给人以无限期望。我无意中扭头一瞥，看见了一个无论多么富于想象力的人也难以想象得出的画面——

几个姑娘站在岸边，她们正在一齐向着河口那边伸长脖颈，眯缝着眼，噘着芬芳的小嘴，亲吻着从河面上吹来的捎来春天的风！她们做得那么投入、倾心、陶醉、神圣，风把她们的头发、围巾和长长衣裙吹向斜后方，波浪似的飘动着。远看就像一件伟大的雕塑。这简直就是那些为人们带来春天的仙女们啊！谁能想到用心灵的吻去迎接春天？你说，还有哪个春天的画面，比这更迷人、更诗意、更浪漫、更震撼？

我心中的画廊里，已经挂着维也纳三月和五月两幅春天的图画。这次恰好在四月里再次访维也纳，我暗下决心，无论如何也要找到属于四月这季节的同样强烈动人的春天杰作。

开头几天，四月的维也纳真令我失望。此时的春天似乎只是绿色连着绿色。大片大片的草地上，没有五月那无所不在的明媚的小花。没有花的绿地是寂寞的。我对驾着车一同外出的留学生小吕说：

"四月的维也纳可真乏味！绿色到处泛滥，见不到花儿，下次再来非躲开四月不可！"

小吕听了，就把车子停住，叫我下车，把我领到路边一片非常开阔的草地上，然后让我蹲下来扒开草好好看看。我用手拨开草一看，大吃一惊:原来青草下边藏了满满一层花儿，白的、黄的、紫的，纯洁、娇小、鲜亮，这么多、这么密、这么辽阔！它们比青草只矮几厘米，躲在草下边，好像只要一努劲，就会齐刷刷地全冒出来……

"得要多少天才能冒出来？"我问。

"也许过几天，也许就在明天。"小吕笑道，"四月的维也纳可说不准，一天换一个样儿。"

可是，当夜冷风冷雨，接连几天时下时停，太阳一直没露面儿。我很快就要离开这里去意大利了，便对小吕说：

"这次看不到草地上那些花儿了,真有点遗憾呢,我想它们刚冒出来时肯定很壮观。"

小吕驾着车没说话,大概也有些怏怏然吧。外边毛毛雨点把车窗遮得像拉了一道纱帘。可车子开出去十几分钟,小吕忽对我说:"你看窗外——"隔过雨窗,看不清外边,但窗外的颜色明显地变了:白色、黄色、紫色,在窗上流动。小吕停了车,手伸过来,一推我这边的车门,未等我弄明白是怎么回事,便说:

"去看吧——你的花!"

迎着细密的、凉凉的吹在我脸上的雨点,我看到的竟是一片花的原野。这正是前几天那片千千万万朵花儿藏身的草地,此刻一下子全冒出来,顿时改天换地,整个世界铺满全新的色彩。虽然远处大片大片的花已经与蒙蒙细雨融在一起,低头却能清晰看到每一朵小花,在冷雨中都像英雄那样傲然挺立,明亮夺目,神气十足。我惊奇地想:它们为什么不是在温暖的阳光下冒出来,偏偏在冷风冷雨中拔地而起?小小的花居然有此气魄!四月的维也纳忽然叫我明白了生命的意味是什么?是——勇气!

这两个普通又非凡的字眼,又一次叫我怦然感到心头一震。这一震,便使眼前的景象定格,成为四月春天独有的壮丽的图画,并终于被我找到了。

拥有了这三幅画面,我自信拥有了春天,也懂得了春天。

行间笔墨

在终日四处的奔波中，常常不能拒绝的事便是应人家请求，提起毛笔写几句话。想想看，人家盛情陪同，尽其所能地招待和照顾，而这些景物本来又都是自己切切关心的，待到告别之时，人家备好纸笔墨砚，请你留下"墨宝"，怎好把脸一板推掉？故而这些行间的笔墨大多在来去匆匆之间，凭的是一时的情意与兴致，很是即兴。

比方，在四川绵竹考察年画，被那里独有的"填水脚"所震惊。所谓"填水脚"，乃是每逢年根儿，画工们干完活要回去过年，顺手将颜料渣子混上水色，涂抹在印了线版的纸上。画工们人人都是才艺精绝，故而这些看似率意为之的几笔，很像中国画的大写意，立笔挥扫，神气飞扬。绵竹年画本来就像川剧，高亢辛辣，这"填水脚"更是将川地年画独有的地域气质发挥到极致。特别是绵竹年画博物馆中一对清代中期"填水脚"的门神，不过七八笔，人物跃然而生。我看得如醉如痴,不停地说:"这简直是民间的八大!"

从博物馆出来,便被主人引入一间小室。桌上已摆上文房四宝。不用去想,心中已有两句话冒出来,挥笔先写道:"土中大艺术"。这上一句写过,忽觉心中的下一句不甚好。下边一句应当更妙才是。此刻扭头看到窗台上有个剑南春的酒瓶。绵竹也是名酒剑南春的故乡。这一瞬,老天爷亲吻了我的脑门,妙语倏忽而至,接下去便写出来:"纸上剑南春"。这一句叫主人高兴非常。

再一次更有趣的是在乐山。仰观大佛之后,在席间主人说:"你总得留点纪念给我们。"我想,乐山大佛是天下佛窟中至美至上之宝。我已经是千里迢迢第二次来看大佛了,应当在这里留一幅字。有了这想法,却像得到神助那样,心中首先出现的两个大字"大佛",倒过来便是"佛大",由是而下,一佳句油然而生——"佛大大于大佛"。下边还应有一句,自然想到"乐山"和"山乐"等,于是两句绝妙好词装入胸中。待展纸书写之时,我对主人说,这幅字很难写。主人说为什么。我说其中两个字要重复两次,还有两个字要重复三次。便是:

　　佛大大于大佛
　　山乐乐似乐山

待写过这幅，放下笔一看，居然竖着读奇妙，横着读也通也奇妙，更觉得这两句不是自己脑袋想出来的，好像谁告诉我的。此种乐趣，还有谁知？

这行间的笔墨并非总是灵感迭出，若有神助。有时人马劳顿，情思壅滞，而文人书法偏偏要"言必己出"，又不能落笔平庸，往往就被盛情的主人逼入绝境。逢到此时，只好请主人留下姓名地址，回去补写后再寄来，决不勉强自己。

即使是这样，也常常会留下遗憾。比如，前些天在如皋，参观水绘园。此园曾是文人学士汇集之所，又是明代名姬董小宛栖隐之处。园中景物相映，玲珑曲折，气息幽雅，世称文人图。游园时，因景生情，因情生句，待主人相邀题字时，捉笔便写了"园如书卷可卷，景似画轴当垂"两句。主人颔首称好。可是自己心里总感觉有些不妥。题字，字比词更为重要。但是，词要思量，字须推敲，时间这样仓促，被人又请又拉，怎好从细斟酌？从水绘园出来后，坐在车上，把刚刚的题词放在心中来回一折腾，忽觉应该改两个字，应是：

园如书卷半卷
景似画轴长垂

这样才好,可惜已经晚了。那幅糟糕的字留在人家那里,自己却带着遗憾直至此刻此时。

再说两件得意的事。

一次在西南某地。一位主人为他的上级领导向我索字。这也是在各地常常碰到的事。但我的笔墨从不为官员帮闲,遂写了一句:

心中百姓是神仙

我想此句如使他受用,当也使他受益。

再一次是在南通小狼山的广教寺。寺中方丈请我留下笔墨。小狼山为天下最小名山,虽然仅高一百零八米,却有一座古庙和宋塔伫立峰尖。日日晨钟暮鼓,梵声散布万家。想到此处,因题道:

最小山头
顶大佛界

由于宣纸劲润,笔也凑手,写得水墨淋漓,极是酣畅。

方丈合掌行礼,表示满意与谢意。我却说,这句话也是为我自己写的。此我世间的追求是也。

因之可谓,行间笔墨,其乐无穷。

世间生活

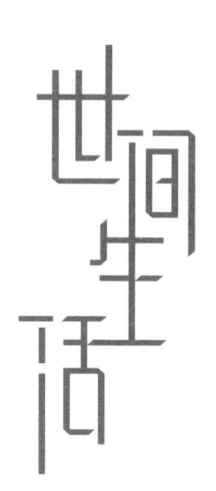